U0084132

GAEA

Gaea

獵命師傳奇

FateHunter

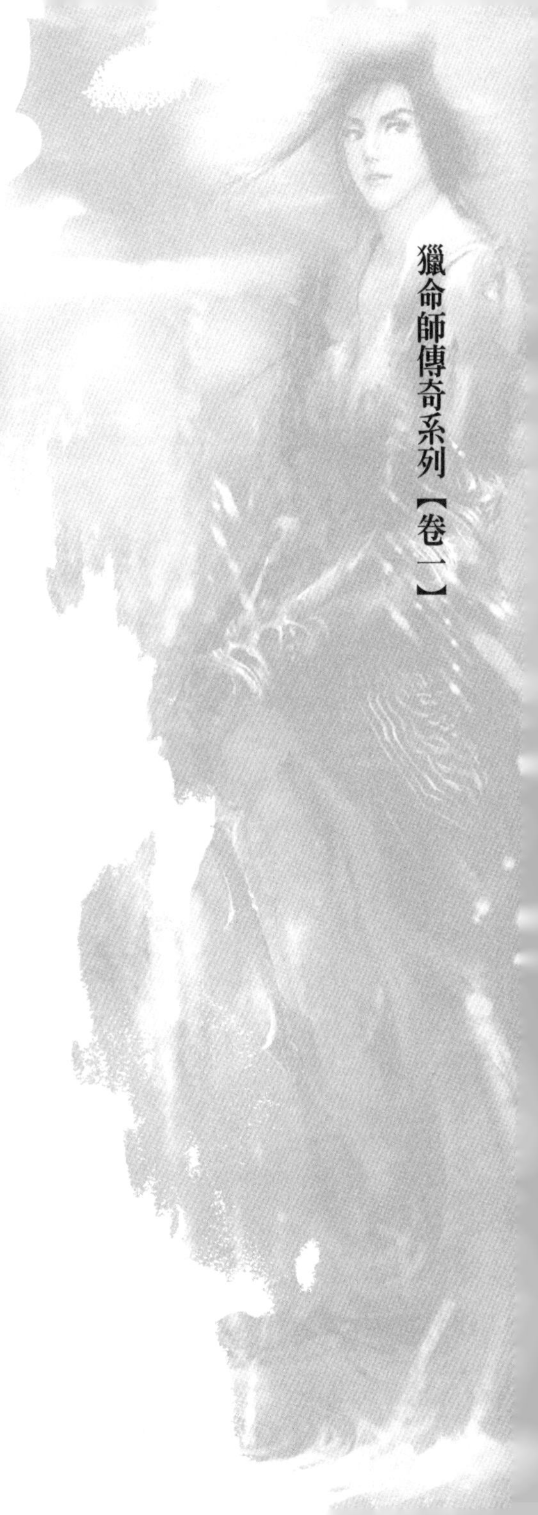

獵命師傳奇系列【卷一】

九把刀Giddens著

作者序

左手只是輔助

常聽見有人說，這是個想像力爆炸的時代。

爆炸個鳥。

翻開坊間許多號稱奇幻文學的故事書寫，我不禁懷疑，只是在故事裡創造新的種族，怎麼能稱之爲「創意」？無端端架空一個新的世界，就能稱得上「突破」？放幾個老愛念長串咒文的巫師跟怪物打來打去，再讓幾個拿著上古神兵的角色在裡頭互砍到飆血，這就是「奇幻？」

看似想像力爆炸的年代，其實骨子裡相當空虛寂寞。許多小說匠很愛寫設定，塗塗草草好幾十頁，卻忘了什麼叫故事。更多小說匠喜愛刻劃力量，洋洋灑灑熱門連篇，卻忘了力量爲什麼被需要。

以爆發力、彈跳力、精力在籃球場奔馳的櫻木花道，在領悟了「左手只是輔助」這

簡單道理後，終於投進了對山王致勝的一球。

說故事當如是，一個漂亮的剖面足矣。

從二〇〇〇年初開始寫小說，到現在已經五年了。但越是沈浸其中，越覺得等待我去領悟的東西還是很多很多，每次以爲自己又洞悉了「說故事漂亮的關鍵」，又會在下個說故事的旅程裡驚覺，原來上次所謂的「關鍵」，不過是碰到有趣的皮毛罷了。說故事果然是充滿挑戰性的自我航行！

每個小說家說故事的方式不盡相同。對我來說，創意是故事的起點，情感則流通故事的血脈，而精密控制說故事的細節，是我的責任。

面對四十五公分前那片十二吋見方的Mac螢幕，我很少裝作苦思些什麼，只是一個勁地興奮，因爲接下來鍵盤跟我之間會發生什麼事，我再清楚不過了。往往開頭只是一個創意的點，一個小啓發，一個感想，在想像力的催動與意致力的貫徹下，慢慢擴染出整個故事。過程是受到精密的分鏡控制，然後才能產生種種美好的意外。

《獵命師》是我的絕佳狀態。

不用在開頭畫張嚇人的虛構大陸地圖，或是煞有介事地把每個種族的設定咚咚咚預先插掛好，或是機機歪歪個鬼扯般的咒文文獻考。好像讀者不隨時翻看、對照這些龐雜資料去了解故事，是缺乏閱讀者的高尚修養、不負責任似的。

不必，不需要，沒意義。

將故事交給最會說故事的人，我們一起在無數個鏡頭轉換中，隨著時間軸的謐動，自然而然讓豪爽又熱血的故事穿透靈魂。

在獵命師與吸血鬼的世界裡，參見英雄！

獵命師傳奇

獵命師傳奇系列【卷一】

目錄

獵命師傳奇

每段歷史的動亂年代，都有獵命師在暗處幽幽祟動著。
或為帝王護天命，或為草莽、豪富擒獵奇命。
或浴血止戈。或為所欲為。
他們沒有共同的目標，因為他們都非常強大。
強大到彼此追逐、相互殺戮、各為其主。
但獵命師就是獵命師，
他們的命運從一開始就無從選擇，
他們的命運不過是歷史洪流中的幽影，
不斷被遺忘的過客。
他們製造歷史，卻不被記憶。
謹以此書，紀念獵命師好友，烏拉拉的傳奇故事。

〈飛仙無疆，千年未竟〉之章

第1話

挽長弓，箭聲破空，遙遙衝向一圓烈日，消失在金光裡。

泰山絕頂，雲氣稀薄，俯瞰群山皆在腳下。

一隻白額雄鷹從遠山雲端疾衝而下，翱翔的羽翼後帶著被雄鷹掃破的翻騰雲氣。

鷹長嘯，雙翅急斂，停在一隻粗長的臂膀上，嘴裡叼著剛剛的射日一箭。

一對霸氣十足的眼睛看著白額鷹，伸手將長箭自鷹喙取下，長嘆一聲。

「朕封泰山，但百千年後，泰山依舊在，朕卻已成枯骨一具，兼併六國一統天下，不過是爲他人基業做嫁。」一個中年男子神情蕭索，撫摸著立在鹿皮護臂上的白額鷹。

吞滅六國，一統天下，此人自是中國第一個皇帝，秦王。

百官跪在一旁，無人膽敢接秦王話。

只有一人例外。

「大王且莫悵懷，臣兩年前與大王提及之事，已有眉目。」一個老者居然不與百官相跪祭壇左右，從容自若站在秦王之後。

「先生指的是，長生不死命？」秦王眼睛一亮，雙瞳霸氣不斷翻湧而出。

「是，也不是。」老者微笑，也只有他膽敢在秦王面前話中藏話。

「此話怎說？」秦王神色出奇的恭謹，但衣袖無風鼓脹，竟是無法藏匿的霸氣。

老者看著不可一世、卻又爲死亡驚懼的天下霸者，竟對自己如此服膺，忍不住得意起來。

老者正是「獵命師」徐福，他很清楚秦之能滅六國，靠的可不單是兵強馬壯、猛將如雲，而是自己爲秦王先後獵得的罕世奇命「血鎖」與「萬里長屠」。

「血鎖」幫助二十二歲的嬴政擊破假閹人嫪毒之亂，並孤立仲父呂不韋的政治勢力，集秦大權於一身，開始霸者之途。而後四年，徐福又獵得極其凶霸的「萬里長屠」爲嬴政換命，嬴政先是在平陽斬趙兵二十萬，十三年間逐一屠滅六國、誅百千萬人，於兩年前一統天下，成就千古無人能及的大業。

然而有千古大業，卻無千古生命，秦王嬴政的喟嘆反映著對權力的無限依戀。

徐福搖搖頭，直視著秦王：「大王，如果眞尋得天下第一長生不死命『萬壽無疆』，臣自當獻予大王；但一人一命是宇宙恆理，大王現在身上的萬里長屠卻必須卸下了。倘若大王沒有萬里長屠之命，往後千里王土內若有暴亂干戈恐怕會鎮壓不住，這大好江山可得拱手讓人，徒有萬壽無疆，卻無萬里疆土，豈不因小失大？」

秦王沒有猶豫，點點頭。

對他來說，沒有至高無上的權力，活了一萬年又有何用？

「但臣聞東海有一巨島，漁民皆不敢近，稱其平原廣澤，島上仙山群起，有一群仙人飲人血長生，浴日則死，沐夜而生，人稱不死血族。不死血族不畏尋常刀劍，個個體壯如虎，再重的傷假以時日都能慢慢痊癒，甚至能續接斷肢。若大王能得到不死血族的體魄，無異服下長生不死藥，加上霸命萬里長屠，大王必可與江山同在。」

「飲人血？浴日則死？那豈不是妖怪嗎？」秦王皺著眉頭，卻沒有動怒。

「長生不死，豈是常人？大王霸業，豈是尋常？」徐福淡淡地說。

秦王不語，轉過頭來，看著腳下的飄渺雲氣。過往雲煙？

「先生如何能讓朕成爲不死血族？」秦王閉上眼睛。

「臣領術士白氏百人、牙丸精兵三千，戰船三十艘，爲期三年必能生擒不死血族回到中土，屆時以血換血，定能使大王蛻變重生。」徐福露出自信的神采。

「三年嗎？」秦王凝視著烈日。

舉起右臂，白額鷹展翅沖天。

西元前二一九年，秦始皇四十一歲。

獵命師徐福，帶著秦王對權力的無限貪婪揚帆出海，開啓了一場殘暴的異族殺伐。

萬里長屠

命格：集體格

存活：八百年

徵兆：因宿主狂暴外放的戾氣令燭火黯淡，周遭人等的影子會模糊拉長。也因命格的能量太強，若宿主本身性格不夠狂暴，將被命格篡奪神智，戾化為凶人；若宿主意志在命格之上，則能促動命格快速成長。

特質：不僅戾化周遭的親信，還會吸引性格殘暴的人前來效忠，貫徹其意志內的大規模毀滅行動，影響遍及一百城。

進化：大怒神

第 2 話

三年又七個月。

今天的天氣很好，天空是一望無際的青藍色，連海風也少了些苦澀。

一隻藍鴿疲倦地俯瞰翅膀底下的五十艘戰船，呼，終於到家了。緩緩飛下。

「寶兒回來啦！」烏木堅大叫，讓藍鴿停在他的頭頂上。

烏木堅摸摸藍鴿，從旁舀起一瓢水讓藍鴿啜飲後，才從藍鴿的腳環上取下一張薄羊皮，上面用人血記著秘密軍情。

一個坐在高聳風帆木上的壯漢居高臨下，粗聲問道：「烏木堅，寶兒這次帶了什麼消息回來？」

壯漢紮著一頭赤褐色的頭髮，身上毫不避諱刺滿禁忌的青色龍紋，腰上懸著一把烏沉巨弓。

烏木堅看著羊皮上的軍情，胸口劇烈喘伏。

「到了嗎？」一個身材中等、穿著青衣的男子拿著羽扇走近。

「太久了吧，我等不及要大開殺戒了呢。」身材略矮，蹲坐在一旁的髒污男子陰惻惻說道，手中的鋼槍磨蹭著額頭。

此時五十艘船、數千雙眼睛都朝這艘主戰船瞧了過來。

「依照風向跟浪的大小，大約再兩個時辰就會到了，但……」烏木堅猶疑地看著另一艘船上，人群中的黑衣長老。

「劉邦跟蕭何的信上，有說徐福捕到了血族嗎？」那名老者高高瘦瘦，一頭白髮，但臉色卻相當紅潤。

「姜公，捕到了。」烏木堅的表情有些緊張。

「果然沒錯。還有一個時辰天就黑了，我們可不能在這裡乾等兩個時辰，大家揚帆！跟老頭找他們去！」姜公的聲音不疾不徐，由兩側的旗手將戰略揮舞傳遞出去，繫住五十艘戰船的鐵鍊一一拆卸。

姜公，乃是獵命師的始祖姜子牙，實際年齡已不可考。大家都相信姜公在爲周武王獵得「周而復始」天命的同時，也為自己獵得「萬壽無疆」這絕無僅有的奇命，是以姜公幾乎與天地同壽。

而經年累月的自然修行，自使姜公身上的靈力積聚極為驚人。

自西周開始，姜公原本歸隱山林達一千兩百多年，對人間的動亂殺伐早已抱持著天道循環的平和心態，甚至對獵命師徐福輔佐秦王一事也無動於衷；直到知悉徐福居然想出海獵補血族到中原後，姜公才忍不住號召一批逆秦之軍，以及更重要的，一群慕名而來的獵命師，在這片東海守候了大半年，只為了狙擊這為禍蒼生的魔頭。

「張良、項羽、韓信、烏木堅，你們在老頭前打先鋒，率領十五艘船打頭陣。張良，箭頭由你指揮，你知道該怎麼做。」姜公說。

張良領命，主戰船破浪而出，十五艘最精銳的戰船緊緊靠在一起。

「王陵、吳廣、陳勝、麟兒，你們分駛二十艘最快的鷹船，張良一下令，你們就繞到徐福後方，行合圍之勢。其餘的十五艘船跟著老頭居中應變。」姜公說完，四將領命，各率行水最快的軍艇。

姜公的命令發完，所有軍船在頃刻間都已準備完畢，烏木堅輕吹口哨，頭頂上的藍鴿抖擻精神再度飛出，以不可思議的速度領著眾船前進。

船隊朝目標航行了近一個時辰，幾乎所有人都沉浸在戰鬥的高昂鬥志中，一行中數十獵命師養的眾多靈貓不時在船上發出尖銳刺耳的嘶叫，幾個年輕的獵命師則赤裸上身，露出佈滿身軀的朱紅色象形文字，彼此討論著等一下應該用什麼樣的命格戰鬥最佳；即便是沒有法力的草莽英雄們也絲毫不懼，摩拳擦掌，想要在即將來臨的戰鬥中贏得姜公的青垂。

「徐福啊徐福，枉費你不可一世，現在惹到了姜公，什麼命都沒用啦。」獵命師烏木堅迎著風嘆道，抬頭看著坐在高聳風帆木上的龍紋大漢。

大漢正打著哈欠、敲著小曲，渾然沒有一絲血戰前的緊張與不安。

他便是姜公默允的下一任王者，天生就擁有「千軍萬馬」命格的項羽。

烏木堅有些不明白姜公的安排，明明張良擁有極佳的人品與知識，前去臥底的劉邦雖工於心計卻也稱得上人中龍鳳，爲何偏偏要將天下交給一個只懂得戰鬥的莽夫？

烏木堅也沒想太多，畢竟姜公的安排自有道理，他可是獵命師的大宗師，看到的變數比自己明白的要多出好幾百番，而自己似乎還只能分辨眼前的喜好，無法參透歷史的奧秘。

烏木堅心想，他只需要跟這一群猛將好好輔佐項羽便是。

「烏兄在想什麼？」青衣男子，張良，看著同樣站在船頭的烏木堅。

「沒有。只是在想一些我絕對無法明白的事。」烏木堅微笑。他才二十七歲，就被稱為百年一見的獵命師天才，連姜公都特別喜歡跟他下棋、教導他一些神奇的法術。

「連你也有不明白的事？」張良莞爾，卻掩不住神色裡的擔憂。

張良並非獵命師，卻在獵命師中得到很高的評價，許多人正在為他尋找合適的命格，將來張良裂土封侯，他們也能分一杯羹。

「張兄正掛念著劉兄與蕭兄的安危吧？」烏木堅瞧出張良的心思，張良嘆了一口氣。

張良心想，劉邦跟蕭何在徐福的艦隊中臥底已三年多，期間只靠藍鴿通了四次消息，希望這次是最後一次，然後結拜的異姓兄弟劉邦與蕭何便能擺脫九死一生的臥底生活，光明正大地，與自己一起跟隨項羽的義軍擊敗秦王嬴政，建立楚帝國。

第3話

好久。

眾船航行了近兩個時辰，卻連一隻鯨魚都沒有遇到，高漲的士氣未免有些挫折，許多人開始議論紛紛，難道是臥底的劉邦跟蕭何情報有誤？或是軍情臨時生變？

此時天色已近黃昏，滿天的紅霞有著說不出的妖異。

如果入了夜，寧願加速往後重新布陣，也不該強行對敵吧？還是更應該攻敵之強，趁其大意不備？張良思忖著：如果足智多謀的蕭何在的話，他會作出什麼樣的決策？姜公的意思呢？

「前面好像有東西！」位於最高點的項羽突然大叫。

烏木堅看著引領船隊的藍鴿寶兒，寶兒停在空中幾秒，隨即快速在空中盤旋示警。

「張兄。」烏木堅拍拍手，示意寶兒快些下來。

張良點點頭，不慌不忙地命令旗手發出信號：「前軍全速挺進，箭手準備。側軍逸散，斜角出擊。中軍降速，獵命師支援預備。」

「終於要來了嗎！」一臉陰惻惻的韓信拿著長槍，聲音興奮得有些發抖，身後跟著百多個視死如歸的勇士，或拿鐵鎚巨椎，或執鏈枷等重兵器，隨時準備登敵船肉搏。

張良一聲令下，陳勝與吳廣的鷹船側軍立即破浪前進，但遠在後方的姜公卻感到有些不太對勁。

隱隱約約，前方有近三十個小黑點正在海面降帆而行，船速異常緩慢。

項羽昂然站起，以絕佳的平衡踏立在粗大的帆木上，掄起懸在腰上的誇張巨弓，注視著遠方，赤髮逆風狂舞，身上的龍紋在紅色的夕陽中發出烈焰般的神魄。

「好一條凜凜大漢！」烏木堅讚道，也許只有項羽的「千軍萬馬」勉強能與嬴政的「萬里長屠」較一較勁。姜公也是這樣想的吧。

「弓箭手預備！」張良舉起手，十五艘主戰船上三百多把彎弓紛紛張開，對準空中。

項羽瞇起眼睛，將箭心對準第一個小黑點，雙眼瞳孔急速擴張，赤龍眼打開，想將敵船上的一切看個明白。

「滿弦！點火！」張良雙手舉起，三百彎弓繃緊，箭手旁邊的武士將箭簇上的黑油點燃。

項羽突然大叫：「等等！船上沒人！一個人都沒有！」放下巨弓。

張良大驚，但見已航向敵船後方的陳勝與吳廣也發出「敵船無人」的信號，心中一凜，連忙指示所有弓箭手將火箭的角度拉低，警戒。

「別慌，此時正是證明張兄身爲一個軍師價值的時候。」烏木堅對戰略毫不熟悉，但他對張良很有信心。

張良強自鎭定，看著漸漸接近的敵船思量著，敵船降下的帆布上還寫著「秦」大字，確實是徐福的部隊沒錯，然而船上一點都沒有打鬥的痕跡，又顯然不是遭到血族殘黨的突擊。

「是啊，有姜公在後方坐鎭，咱們什麼也不必怕！」一個獵命師摸摸躺在肩上的靈貓笑道；烏木堅遠遠看向後方姜公的大船。

姜公正掐指計算情勢變化，但怪異的是，有一股久違的凜冽感襲上早已古井不波的心頭，擾亂著他的術數計算。

這感覺，自從與妲己對峙後便沒有再出現過。

「喵——」姜公豢養的百歲老貓不安地看著海面。

牠是隻毛色奇特的靈貓，純黑色的短毛爲底，卻有一條閃電狀的白色長紋自額頭沿著脊骨劈到長尾巴，令整條尾巴都呈皎潔的白色。

「徐福啊，你到底從平原廣澤的血族那得到了什麼，讓你成了一個這樣的怪物？」

姜公的手指計算著渾沌的變化，竟滲出冷汗。

第4話

海面風平浪靜，一輪紅日已有八成沉入海底，金波盪漾。

時間緩緩遞嬗，滿月不知何時已替代了落日。

每個人都開始心裡發毛，人去船空的敵人到底跑到哪裡去了？

難道海上有更恐怖的敵人，連徐福這樣的老狐狸都被掛掉了？

這樣的敵人到底藏在哪裡？

水裡面的大妖怪嗎？

還是火紅的雲層上棲息著比船隻還要巨大的怪鳥？

「弓箭手對準遠方海面！注意小舟！」張良依照直覺下令，旗手隨即傳訊。

烏木堅也知道空蕩蕩卻沒有明顯破損的徐福戰船，代表不曾有龐然怪獸攻擊過這個部隊。

最大的可能是，這些遠征東瀛的部隊已事先藏了起來，或在遠方的懸島上整軍，或是改乘行動敏捷、可以快速變化隊形的數百小艇，尤以後者最爲可能。

項羽居高臨下，早已凝視著海面。

不管是什麼妖物他都不怕，他天生就認爲自己才是天底下最凶猛的怪物。

「說不定有怪物躲在海裡面，我下去看看，把他們通通轟出來！其他人到徐賊船上看看去。」韓信見天色已經微微轉暗，揮舞著手中的長槍便要入海。

韓信最喜歡跟項羽較勁，事實上，他比誰都不服項羽的勇猛，一有機會便要證明自己才是反秦軍中的第一號飛將。

而韓信的身上，擁有烏木堅爲他尋得的「風雲變色」怪命。

張良正要阻止韓信，「不必了！」項羽大吼，飛快張起黑沉大弓，一箭直貫水裡，沒有激起任何水柱，但海水深處卻隱隱震動了一下。

「怎麼可能從海裡攻擊？即便是血族，也是要張口呼吸的吧？」張良不解，軍令遲遲不敢發出。

剎那間，許多巨大的泡泡浮到水面上，泡泡油膩膩的，一時還不爆破。

此時姜公食指扣著拇指，眼睛一亮：他們躲在事先藏在海底的三千個大蚌殼裡！早已埋伏多時！

「箭手攻擊海底！」張良大叫，三百個弓箭手快速將火箭對準海底。

啪！

啪啪啪！

啪啪啪啪啪啪啪啪啪啪！

無數條身影密密麻麻從海裡衝射出，在飛舞的火箭中輕易地踩著船身往上跳，以妖異的身法跟驚人的速度直攀而上！只有少數被火箭射中墜海。

「兩翼側軍回防！全軍準備肉搏！」張良大叫，船緣已瞬間站滿了濕淋淋從海底突擊而來的徐福大軍，滿月的天空中頓時躍起無數蝙蝠般的身影！

這種恐怖的體力跟凶殘的眼神……可惡！徐福果然將他的大軍通通變成了血族！不只是生擒幾個血族回中原而已！

然而千萬危急的此刻，軍師張良心中懸念著的，卻是結拜兄弟劉邦與蕭何。他們送來的軍情顯然是逆向操作的反間計，誘騙他們在入夜後接近埋伏在水底的血族部隊，這表示……劉蕭兩人被識破、已經遇害？

「大夥上！」韓信大喝，一聲驚醒了張良。

只見韓信與上百個身穿厚實甲冑的猛將往前殺出，與登船的徐福大軍交殺起來，而弓箭手也早就換上稱手的近身兵器，以五人爲一單位接近仍在劇烈喘息的血族。

血族渾身赤裸，臉上泛著詭異的笑容，迅速在刀光劍影中穿梭著，衝殺之處有許多血族的殘肢斷骸散落在甲板上，但有更多驚恐的頭顱飛舞在銀色的月光裡。

「不要怕！不要後退！」一個獵命師赤裸著上身，手中的利劍舞成一團白光，無奈身邊的武士不是一一倒下，就是不斷尖叫後退，這個獵命師用在自己身上的「劍卜」之命也撐不過如潮水湧上甲板的血族，不一會雙手就被撕斷，喉頭湧出鮮血倒下。

「邪門！」韓信緊握長槍的雙手早已被血族的巨力震得發麻，他雖然知道這次的敵人是可怕的妖物，但實際對陣下來居然是完全不一樣的感覺。

第一次，感覺到有比死亡更恐怖的東西擋在眼前。

但韓信豈是束手就擒之輩，大叫「成圓！」，隨即和幾個不怕死的猛將各守住一個死角，形成一個無堅不摧的利圓慢慢前進，血族一時無法接近，甚至還被刀刃削成肉醬。

其他人看見韓信等人的勇武，也想起了事前操練許久的利圓陣形，紛紛就近組成十幾個圓陣，彼此合作斬殺來犯的血族部隊，慢慢地，形勢稍微扳了回來。

此時十幾個異常勇武、高大的血族將領，雙手各持鐵錐奮力前擊，一舉砸破兩個圓陣，前方的勇士甚至整個人被砸飛了起來，血肉模糊地黏在船柱上。

「我攬下來！」韓信長槍猛然朝血族巨人一挺，卻被這群巨人鐵錐上的怪力輕易震開，韓信虎口裂開流血，長槍居然彎了一邊，眼見好不容易集結的圓陣群就要被這群怪物衝潰。

「吒！」

韓信面前的高大血族突然跪倒，被一支粗大的鐵箭從頭頂貫穿，牢牢地釘在甲板上，箭錐甚至完全沒入不見。

「交給我！」原來是高高在上的項羽，他一次拉起三支特製的超長鐵箭，幾乎沒有瞄準就往下射去，箭勢狂猛，立刻又有三個血族巨人猝然倒下。

「抓住上面的箭手！」一個血族高手大叫，立刻有四個身輕如燕的血族躍上了帆木。

項羽冷笑，狂傲地說：「箭手？」雙手不停，立刻又拉了兩支鐵箭射出，破空之聲雄渾有勁，居然將四個血族高手自半空中射落，一箭各貫穿了兩個。

韓信見識了項羽的鐵箭神技，咬著牙，全身散發出不尋常的鬥氣，大喝：「大夥一股作氣殺退了他們！」正要踏步向前，卻發現船身開始傾斜，往旁邊一看，早有兩艘船載沉載浮，一定是被從海底進攻的血族在船底鑿了好些窟窿。

這樣下去不是辦法。

韓信正想跟幾個水性較好的勇士下水擊殺血族時，新的血族武士又登上船來，將他們包圍起來。

「別慌！千萬別泅進水裡！慢慢打倒眼前的敵人，讓我來當大家的眼睛！」張良大叫，他在烏木堅的保護下登上了戰船的高處指揮全局。

韓信只得凝斂心神，從地上抄起一把鐵戟繼續戰鬥，不理會逐漸沉沒的船隻上哭天搶地的哀嚎。

一下子，又有兩艘大船的甲板上全堆滿了屍體，一艘戰船整個船頭栽進水裡。血族的動作居然這麼快。

此時陳勝與吳廣的側軍已經回防到十五艘主戰船的兩翼，張良見許多血族都登上了主戰的十五艘船，立刻大叫：「兩翼朝海裡跟主船放箭！郭得勝、楊清邱兩船，放繩索讓沉船士兵上來！其餘船隻不給上！」

陳勝與吳廣軍船上的弓箭手早已準備好，一聲令下，上千鐵箭向上噴出、噴出、再噴出，沒有絲毫間斷的箭勢讓整片天空像蝗蟲過境，月色整個都給遮蔽住，令誰都喘不過氣的擠壓與黑暗後，緊接著的就是可怕又瘋狂的墜落！

萬箭入海！

許多血族在水裡身中數箭、掙扎死去，也有許多正在攀船的血族被釘在戰船身上動彈不得、成爲慘叫不斷的蜂窩，也有數百支脫軌的鐵箭射中了自己人，錯愕的表情後，是不斷失血的抽搐與顫抖。

空氣裡全是濃嗆的血腥與肅殺。

「血族也會痛的嗎？」項羽哈哈大笑，站在滿月下不斷彎弓射出，底下轉眼間如血族的行刑場般，數十支精鐵鍛鍊的長箭將驚恐的血族一個個釘在逐漸歪斜的甲板上。

血霧似乎將項羽身後的巨大滿月給染紅了，而韓信與眾將士緊靠著船艙旁圍成方陣，以免被亂箭射殺。

此時姜公正在後方凝視著這場以肉搏屠殺開始的海戰，他不發一語脫掉身上的黑衣，露出密密麻麻闇紅色的象形文字，身旁十多個獵命師不禁發出讚嘆聲。

姜公左手掌紋的生命線沿著手臂不斷往身上綿延過去，穿過胸膛，與右手掌紋的生命線完美無瑕地接合在一起，生命力因此源源不絕，正是千古第一佳命「萬壽無疆」。

姜公擁有「萬壽無疆」早已不是秘密，然而此刻眾獵命師親眼目睹，個個仍舊是激動不已。

「白線兒，有勞你了。」姜公微笑，伸手按住靈貓的額頭，靈貓懶洋洋閉上眼睛。

姜公身上闇紅色的象形文字慢慢消失，連結雙掌的生命線也漸漸變淡、然後無影無蹤。

靈貓白線兒打了個哈欠，姜公的手指依舊按在靈貓的頭上，一瞬間，姜公的身體砰然一震，身旁十多個獵命師腳步不穩地跌倒在一旁，神色卻是極爲嘆服。

「眞不愧是始祖……除了『萬壽無疆』，居然還煉化出『飛仙』！」一個獵命師又驚又喜。

姜公微笑，輕輕咬破自己的手指，然後按住心口；鮮血飛快從指間流出，一眨眼就在全身畫下全新的象形封印。

而姜公此刻的掌紋，已變成了兩個精細的八卦。

「迎戰徐福，光是老頭這一千三百多歲的修行恐怕還不夠呢，他一定有過相當不可思議的遭遇……希望加上『飛仙』後能夠順利將他歸位。」姜公拍拍白線兒，白線兒一溜煙跑掉不見。

然而姜公身旁的眾獵命師心中卻沒有任何懷疑：「擁有一千三百年的修行就比我們所有人加起來都要可怕了，何況是加上了千古難求的『飛仙』？恐怕連真正的神仙都擋不住姜公的一擊吧？」

正當眾人嘖嘖稱奇的此時，浴血屠戮的前方突然發出一聲巨響。

抬頭一看，吳廣的船隊居然被一道巨大到無法置信的黑影撞倒，大浪拍起，三艘鷹船突然被黑影捲住船身、小木盒般翻了過去，吳勝看到猷住，瞪視著龐然黑影霸道地從左翼快速逼近中軍主力。

是一頭巨大的八爪章魚！大海裡居然有這麼大的怪物！

「什麼怪東西？啊——」一個武士大駭，他腳下的戰船正被巨大的吸盤怪手捲起，在半空中硬生生被捲了個粉碎。

「下酒菜罷了！」項羽毫不在意拿起背上僅剩的十七支鐵箭，臂力驚人地拉滿弓，朝著八爪章魚的頭冠上破空射去，流星颯颯，卻全在中途脫力墜海。

項羽怒極，他見到一個老者正站在八爪大章魚的頭冠上，滿臉獰笑，左手依稀在空中比畫著咒術結界，將項羽的箭一一震落。

正是獵命師徐福。

第5話

「姜公！」烏木堅大叫，不管是大章魚還是徐福，此時此刻都需要姜公出馬了。

徐福似乎也在等著，八隻吸盤巨爪狂亂地掀起巨濤襲打前方的軍艦，而徐福卻閉上眼睛專注精神，寬大的白袍在黑夜怒潮中凝立不動。

「徐福啊徐福，你知道老頭在這裡等著你嗎？」

姜公的聲音從四面八方傳進徐福的耳朵裡。

徐福不語，但奸邪又自信滿滿的表情說明了一切。

「既然你算到了老頭杵在這裡要踢你屁股，你可算到老頭打算用多少力氣結果你？」

姜公的聲音迴盪在哭號的大浪中，徐福有些不耐地掐指感應姜公的位置。

突然間，徐福兩眼急瞠，仰頭看著銀黑色的天空。

「算到了嗎？接穩了！」姜公的身影在數百丈之上的雲頂。

徐福大驚，一道天雷轟然擊下。

眾將士、血族全都被這道有若神力的狂雷亮得睜不開眼，無一不停下了手邊不斷揮舞的兵器。

烏木堅遠望，方才大章魚身處的位置被天雷炸出一個大洞，深陷的海水突兀地冒著焦煙，然後才慢慢地隆起回復。巨大的、熟透的八爪章魚在充滿血腥味的海面上詭異地浮著。

徐福卻消失了。

眾人不約而同尋找兩大超級獵命師的身影，戰鬥的意志暫時消失了，畢竟無論手邊的生死勝負如何持續下去，王牌的勝負，左右了彼此的存亡。

或者，中原百萬生靈的存亡。

轟！

原本徐福空空蕩蕩的軍艦突然一陣劇烈晃動，船身登時破了一個大洞，然後又是一個大洞。兩個大怪物不知何時已鑽到空船內決一勝負。

「剛剛那記天雷沒擊中我，你一定會後悔莫及！」徐福大笑，右手擊出，船身內黑氣大盛，殘暴的氣焰到處飛竄。

姜公專注地觀察徐福身上不尋常的凶氣，一邊俐落地閃過徐福所有的攻擊，身法仙逸飄忽。

「你吞了什麼東西？黑龍膽？參神心？這麼不受教。」姜公淡淡說著，一面伸出左手，八卦掌紋白光無極，將猛烈的凶氣格檔在一步之外，但仍有少許黑氣鑽過白光，姜公不禁皺了皺眉頭。

照道理說，天底下應該沒有任何一種凶殘、不幸、恐怖、霸道的命格敵得過「飛仙」之命才是，何況自己又有千年道行。

「告訴你也無妨！」徐福身上的凶氣掙破了白色的道袍，白色破布有如蝴蝶在船艙中盲亂地飛舞著，一股哀傷卻又霸道得不得了的氣氛在徐福身周急速膨脹。

姜公心中更訝異了。

徐福冷笑：「我在東瀛獵殺不死血族的時候實在幸運，島上的血族之王修煉了一千五百年，再過個十幾年便會蛻變成魔，原本我根本不是他的對手，只是想偷偷捕獵幾個血族便算。但當時我在自己身上封印的命格是『千驚萬喜』，果不其然，我的部隊登陸時，我掐指一算，居然提早遇上了血族之王即將蛻變成魔的時刻，也是他最脆弱的時刻。我當機立斷，率大軍攻進洞裡，將血族之王的俑打破，將他拖到烈日下曬足整整七天，任其慢慢化爲一堆沸騰的爛泥。」

徐福一踱步，船艙內的空氣竟發出遭到凌遲的悽慘叫聲，咿咿啞啞的木板聲亦令人毛骨悚然。

姜公淡淡點點頭，但背脊卻隱隱發涼，說：「所以你當場就獵捕了血族之王的千年修行，臨一步修成正果卻慘遭焚殺的哀傷與怨忿，聽都沒聽過的爛命。」

這傢伙讓姜公聯想到一千多年前差點吃掉他的九尾妖狐。

徐福大笑：「千年未竟，這條爛命可霸道得不得了，我光是駕馭它就增加了好幾倍的功力，我將它取名作『不死凶命』，比妲己的『國破境絕』還要凶啊。」

姜公雙手伸前，深深吸了一口氣：「好在你沒太多時間讓你身上的爛命繼續茁壯下去，要不，老頭也沒把握收服你。現在就來個了結吧。」

仙氣團團護身，紫光燎動，但姜公卻感到心神難以鎮定下來。

徐福拍手大笑：「姜子牙！我小小一個百年修行都不到的獵命師居然讓大宗師姜子牙害怕到發抖！好！姜子牙你也快成仙了吧？今天宰了你，再多捕一個千年未竟！」伸出手，掌紋竟是一張惡魔的臉。

船艙爆破！

第6話

「發什麼愣！將這群吸血怪物砍到海裡！」項羽大吼，根本不理會遠遠船艙內不知結果的姜徐大戰，拋下巨弓掄起大砍刀，跳下甲板，跟韓信一齊衝殺，戰火瞬間再度爆發。

但這可不是軍師張良最關心的事情。

「烏木堅，你別管我，你快去敵船找找劉邦跟蕭何兩人的下落！」張良說，隨即指揮鐵箭剩餘較多的王陵軍艦堵住船隊缺口，繼續朝海面壓制攻擊，一面命令東南三船趕來接應開始沉沒的主船。

烏木堅允諾，說：「你吩咐後方的獵命師過來保護你！我就去！」運氣護體。

張良知道烏木堅略得姜公親傳，比普通獵命師的判斷力高出甚多，若劉蕭兩人還在人世，必能找到蛛絲馬跡。張良立即指揮姜公方才坐鎮的十五艘大船都靠攏過來，一面吩咐船上的三十個獵命師來保護自己，一面指示所有戰士全力支援戰局最吃緊的前方。

此時十五艘主戰船已經沉了十一艘，來不及跳到他船的戰士不是墮海被水裡的血族殺死，就是在海面上被自己人的亂箭射花。

烏木堅在眾獵命師的保護下，喚來自己的靈貓，臨時調換了「吉星」佳命後，便一個人持刀突圍，在箭雨中朝徐福的許多空船艙，邁開大步搜尋。

「韓信你保護張軍師先走！我還想再殺一陣！」項羽的雙腳都浸在海水裡了，全身都是血族的鮮血，看起來就像地獄來的魔王。

但項羽十分享受殺戮的快樂，渾不理會大船將沉的事實。

「可惡！敵人絕對不只三千！」韓信早已疲憊不堪，僅靠著一股不服輸的抗拒意志支撐著。

此時援船已靠了過來，韓信只好指揮剩下不多的寥寥幾人跟著張良到援船上，但項羽兀自與血族三名長戟高手鬥在一團，一時之間難決勝負。

韓信正感到洩氣，腳底又是不尋常的一震，然後援船開始晃動。

「混帳！這麼快又在底下鑿洞，難道今晚大家都得死在這片海上？」韓信悲憤不已，往旁一看，王陵的軍艦正發出「鐵箭用罄」的信號。

「不會吧？」一個斷了左手的勇士呆呆地說，剛剛能維持勢均力敵的場面，全靠那幾萬支如狂風暴雨的鐵箭將海裡的血族鎮壓住。

而現在……

無窮無盡的血族好手在紅色月光下飛來飛去，不一會兒，連大帆上都掛滿了準備下襲的血族，吸血蝙蝠似的。

每個血族的手上都拿著鍬刀或斧頭，雜亂的血跡在他們的身上成了渾然天成的恐怖圖騰。

「眞是看扁你們了！跟著我！」項羽不知何時已踏上了船緣，身上掛滿從血族屍體上拔出的鐵箭，只單用雙手就拿起鐵箭往大帆上的血族猛擲，兩個血族無法慘叫，喉嚨即被鐵箭貫穿後腦，全身往後飛出。

反秦軍士氣大振，所有勇士一齊大吼，聲勢震天。

韓信忿忿地看著他未來的主子，項羽，威風凜凜地掄起大砍刀迎向血族敵人，幾乎船上所有的勇士都忘卻恐懼，跟著他一起殺了過去。

「難道我眞的不如他？樣樣都不如他？」韓信的眼裡充滿了張良沒有發現的怨毒。

第7話

在敵船上飛躍著。

烏木堅答允幫張良尋找劉邦跟蕭何兩人，但他的心中已認定這兩人凶多吉少，畢竟反秦軍中了可怕的埋伏，足見劉蕭兩人的臥底終告失敗，此時兩人不是沉到海底，就是變成了血族吧。

只不過……

只不過烏木堅想藉軍令，前來一探姜徐之戰的過程與結果；雖然這麼做極爲冒險，自己可能會成爲兩怪交手殃及的祭品。

「希望危急時，我能夠助姜公一點薄力。」烏木堅伏在空無一人的甲板上，凝神判斷兩怪大戰的位置。

但激鬥的聲音不斷變換，一下子在這艘船上、一下子在另一艘船上打了五個大窟窿，一下子到了海底激起漩渦，一下子似乎夜空之上隱隱有風雷交擊之聲。

「徐福眞有這麼厲害，能與姜公交鬥許久還不分勝敗？」烏木堅暗暗心驚。

——突然間所有的激鬥聲都消失了。

分出勝負了嗎？

正當烏木堅這麼想時，一道驚人的凶氣突然沖上雲霄，連天空都爲之巨震，烏雲以不可思議的速度自四面八方聚攏，頓時密佈了整個大海。

只差了一眨眼的功夫，一隻鳳凰火焰衝破船艙往西方飛去，然而火鳳凰似乎筋疲力盡，身上的火光急速消逝，墜海化爲一縷白煙。

烏木堅不敢輕舉妄動，身子依舊伏在甲板上，施展冥聽大法捕捉任何風吹草動。

依稀，在左側第三艘空船上有細語之聲。

「你……你這是什麼術……」驚恐的聲音，彷彿四肢百骸都在顫抖。

「既然所有的術都是我創造的，多加一招也沒什麼吧……」氣若游絲的聲音。

「你……你這樣無異毀了自己！」悔恨交加的聲音。

「哈，千年未竟又如何？這麼大歲數……若連成不成仙這點小事都不能看開……千年的修行才眞正白費了。老頭沒力氣了，但身上也沒有你要的東西……過來瞧瞧吧，如果你還爬得過來的話。」得意的聲音。

「……哈哈哈哈，但你還是少算了一節！你別想活著離開！」怒極反笑。

輕悄悄的腳步聲，正慢慢靠近說話的兩人。

「咳……原來如此。」嘆了一口氣。

刀刃刺破皮肉的聲音，然後是墮海聲。

烏木堅大驚，立刻翻身下海，在幽暗的海裡著急地尋找姜公的身影。

但黑黑濁濁又充滿血腥的海裡，什麼也無法看見。

「烏木堅，多謝你來找老頭，不過老頭忙著歸天啦！」

姜公的聲音越來越遠，但烏木堅實在什麼都看不清楚，想要運用冥聽大法，一時卻無法靜下心來。

「姜公等等我，我身上有你給我的吉星之命，你一定撐得下去的。」烏木堅在心中喊著，鹹鹹的海水彷彿是他淚水。

「不必啦，老頭的元神開始消散了；你聽好，白線兒就交給你了，完完全全都交託給你了，從今以後要怎麼做隨你的便，上了岸，你要幫項羽或是『某人』都無所謂，天下自有它的氣運，老頭終究還是算錯了人心。不過，烏木堅啊，你一定要想辦法獵到『那東西』，老頭剛剛才用『飛仙』拼死抓出的『那東西』，絕不能讓那東西被徐福搶了回去……」

烏木堅傷心地閉上眼睛，他已經感覺不到任何的聲音。

依稀，腦海裡出現一個紫光色的老人，微笑著，雙手慢慢結著複雜的「倒封印」，傳承烏木堅最後一個術。

深海裡，一個年輕的天才獵命師哭泣著。

深海裡，活了一千三百多年的獵命師始祖掛著微笑，沉入見不著底的大海溝，背上插了一柄青銅匕首。

匕首上，刻了四個結義兄弟的名字。

第8話

三更。

烏木堅坐在空船上，沉默不語地看著幾乎全軍覆沒的艦隊。

大火照映在他的臉上。一張突然成熟的臉龐。

在張良的指揮與獵命師全數出動下，失卻頭領、又始終無法得逞的血族在一炷香前全都泅水撤走，走得無影無蹤。

眞是慘敗後的慘勝。

五十艘軍船浩浩蕩蕩出發，現在只剩下八艘戰船，以及一批兩眼無神、困倦不堪的「勇士」，等待著安全的日出。

烏木堅撫摸著身旁的白線兒，白線兒似乎知道主人的事情，只是嗚嗚悲鳴著，身子偎縮在船角。

「結束了嗎？這場戰爭究竟是拯救天下於惡人之手，還是另一場天下之爭的開始？」

烏木堅絲毫不感興趣。

遠遠地，看著渾身濕答答的劉邦與蕭何，踉踉蹌蹌與驚喜交集的張良相會，三人相擁大哭，同樣結義的韓信則在一旁微笑，眼眶泛紅。

「抱歉，我跟蕭兄將訊息交託寶兒後就失風被擒，血族改變原先的計畫，才害得大家損失慘重……我劉邦只好以死謝罪！」劉邦悲愴，雙膝跪下，抄起地上的鐵箭就要往自己的心口戳去。

但鐵箭卻被一雙厚實的大手抓住、折斷。

「別這麼說！你與蕭兄不畏生死僞裝成牙丸賊人、潛入敵營刺探軍情三年，就連我都佩服得緊啊！哈哈哈哈！以後屠秦大業還要兩位大力幫忙呢！」項羽將斷箭拋入海中，扶起了大哭不已的劉邦與蕭何。

劉邦不住流淚磕頭，大聲說道：「在下願當走馬先卒！誓死效忠項兄！」

「可惜姜公似乎與徐福那奸賊同歸於盡了，唉……」張良嘖嘆，派了將士去空船艙上尋找，都不見集結這次大軍的姜公與徐福。

「或許剛剛那逃走的沖天妖氣，跟墜海的火鳳凰各自代表了徐賊跟姜公兩人吧。」

吳廣按住大腿傷口說，虎目含淚。

烏木堅根本不想聽他們在說些什麼，甚至也不想跟他們同船。

不管是項羽或是「那個人」完成了最終的屠秦，都已經不再重要。

烏木堅的腦海裡，只剩下姜公最後的交代：「你一定要獵到『那東西』。」

「我一定會獵到『那東西』。姜公，你安息吧。」烏木堅雙手結印禱祝。

於是，烏木堅在徐福的大船上找了一艘堅固的小舟，置了兩罈水、幾袋乾糧，帶著白線兒跟自己的靈貓，再吹了聲口哨喚來藍鴿寶兒；趁著所有人都在議論紛紛的時候，烏木堅划著槳，消失在紅色的大海上。

消失在歷史上。

公元前二一〇年，獵命師無患與獵命師麟兒奉張良之命，於會稽獵奪秦王之「萬里長屠」。

秦王後於沙丘崩殂。

公元前二〇九年，陳勝、吳廣反叛項盟，率先建立陳國、舉兵攻秦，雖兵敗，天下義軍群起。

同年，劉邦得獵命師雪月等之助，得「手到秦來」佳命。

公元前二〇七年，劉邦趁項羽於鉅鹿與秦二十多萬主力軍鏖戰九天之際，迂迴自秦西進攻咸陽。

秦二世子嬰出降，秦亡。項羽大怒，卻於鴻門宴饒了劉邦。

公元前二〇六年，楚漢戰爭爆發，劉邦和項羽苦戰了五年，大戰七十餘次，小戰四十餘次。

公元前二〇三年底，劉邦會合諸將，合圍項羽於垓下。

公元二〇二〇年，吸血鬼盤據的魔都，東京。
獵命師登場。

萬壽無疆

命格：天命格

存活：無

徵兆：永不落地的血眼鳳凰，萬載未動的極海冰龜，根深百里的崑崙石樹。

特質：天地同壽，死亦復返，用無盡的生命幫助宿主成長，培養更多的修煉格的奇命。

進化：無

〈殺胎人〉之章

第9話

凌晨四點，銀座。

日比谷站距離寶塚不到三公里，一棟二十五層樓複合型高級住宅的地下停車場，裡頭濃烈的血腥氣味幾乎要凝結滴落。

整個停車場像結了黃色的蜘蛛網一樣，警示線纏得到處都是。

不愉快的氣氛中，幾乎沒有什麼聲音。除了一陣蹣跚的腳步聲。

黃色的塑膠布條橫在宮澤的面前，他在心裡咒罵不已，左手輕輕將布條上托，矮身鑽過，來到十多個警官旁。

「這麼早就要麻煩你了，眞不好意思。」一個蹲在地上的警官抬起頭，看著滿臉倦容的宮澤。

儘管如此說，但蹲在地上的警官面無表情，這裡所有人都疲倦不堪。

「哪裡。」宮澤蹲了下來，閉住了氣，表情嚴肅。

一輛白色Honda雅哥的駕駛座門被打開，一個年約三十的微胖婦人躺在米色皮椅上，眼睛呆滯看著前方，雙手虛垂在兩旁，安全帶還繫在身上。

但少婦的肚子卻開了個洞。

很大的洞，血窟窿似的。

「切口非常不平整，整個腹腔遭到嚴重的撕裂傷，凶器不可能是利刃，研判應該是凶手徒手用蠻力將子宮抓出，卵巢、膀胱跟直腸也一併被凶手摘掉，羊水積在車墊上，跟前幾個案子差不多的手法。」年輕的法醫說。

宮澤點點頭，這些他也看得出來。

「要是在古代，我會直接下判斷：這是身長兩公尺、重兩百公斤的大老虎做的。」年輕的法醫自以爲幽默地說，想緩解現場沉鬱的氣氛。

宮澤報以微笑，仔細觀察孕婦肚子裂口與車上的狀況，然後後退兩步，想像整個過程可能發生的幾個畫面。

坐在駕駛座上的少婦幾乎沒有肚子，跟上個星期在上野東照宮附近發生的謀殺案件一樣，懷孕少婦肚中的胎兒皆被莫可言狀的怪力徒手抓出，現場肚破腸流、羊水四溢，被害的孕婦卻幾乎沒有一點反抗，連安全帶都無力解下。

但被變態凶手取出的胎兒，卻清一色沒被帶走，而是被棄置在地上，被一腳重重踏死，有些屍體幾乎模糊了半邊。

「是同一凶嫌，這次踩在胎兒身上的鞋印和前七個犯案現場留下的鞋印一樣，都是四十五號的L牌厚底膠鞋，而現場地板上的鞋印都不超過十個，倒是……」宮澤看著停車場地上被螢光筆標示清楚的鞋印痕跡，抬起頭來，天花板和裸露的通風管上也反射出螢光筆的光澤。

驚人的運動力，超越任何一種自然生物的特異平衡感。

這個凶嫌幾乎是用三度空間跳躍的方式進出停車場，天花板、柱子、車頂，都是他身形掠過的施力點。

「鞋印深淺不一，無法判定他的體重或速度，但依照跨步間距，凶手跳躍的速度大概要百米七秒到八秒之間才有可能辦到。」老成的警官點起了菸，看著現場即時鑑定的報告，似乎不怎麼驚訝。

這份報告其實根本不需要，因爲這個凶手的手法如出一轍。

不可思議的運動能力。孕婦。殘忍的手法。怪力。

不知所以的動機。

八次都差不了多少。

關鍵之處，在於從孕婦肚裡硬生生抓出處死的胎兒，都是身有缺陷的畸形兒。

這次喪命的胎兒，很明顯是個在右手胳肢窩上又冒出三隻手的怪嬰。怪嬰的臉被凶手踩得血肉模糊，但兩隻從未眞正見過這世界的眼睛卻怨毒地瞪大，死不瞑目似的。

「眞是怪異，八年前在英國曼徹斯特，十一年前在巴西里約，二十四年前在墨西哥，都曾發生過類似的案件，但凶手都將胎兒取出後帶離現場，或是收集嬰屍用於邪教儀式，或是因爲對孕婦的愛憎心理，總之一定會將胎兒帶走。而在一九八七年與二〇〇四年，都曾發生謊稱自己懷孕的瘋婦爲了圓謊，鎖定孕婦加以謀殺、剖腹取嬰據爲己養的舊事。但我們碰上的這一個，似乎是直衝著殺死胎兒而來。」宮澤說，眞正的動機還隱藏在血腥的底層，可不是凶手想殺死畸形胎兒這麼直線、單純。

宮澤是個專攻連續殺人犯（series killer）的刑事專家，這幾年來屢破幾個心理變態的殺人案後，讓他不得不成爲一個犯罪心理側寫人，有幾個電視台甚至邀請宮澤參加討論凶案的八卦性節目的錄製。

由於才凌晨四點，現場瀰漫著一股低沉的、傳染的恍惚氣息，幾個警官疲憊地看著宮澤，宮澤卻因爲開始投入案件而顯得精神抖擻。

「監視器有拍到什麼嗎？」宮澤看著負責蒐集現場證物的隴川。

「長官，停車場只有四台架在出入口的監視器，所以沒拍到犯案的過程，不過有拍到凶手快速跳出停車場的模糊畫面。」隴川說，手裡拿著裝了監視錄影帶的牛皮紙袋。

「很好，等一下去找宮下，叫他分析這個凶手的動作到底有多敏捷，然後看看能不能定格找出他的外貌。」宮澤有些高興。

畢竟在東京發生的六個案子中，只有兩件留有監視錄影帶，但上次的影像因爲發生在深夜，所以根本無法看清楚凶手的輪廓，只能確定凶手是個骨架寬大、身高在一八五到一九〇公分之間的男子。

老警官抽著菸，不太在乎地說：「作這些分析有什麼用，這個凶手根本不在我們的管轄範圍裡。等『那些人』過來接手後，我們都可以滾回家睡覺了。」

宮澤不滿，不客氣地說：「吸血鬼能夠在大白天的林道行凶嗎？沒有一個吸血鬼可以在北海道七月的太陽下殺人。況且，如果是吸血鬼，又爲什麼要無端殺死沒出生的畸形兒？『那些人』不就最喜歡把人偷偷圈起來養嗎，何必搞出這種爛攤子？」

現場所有的警官面面相覷，老警官皺著眉頭：「注意你的用詞。」

宮澤不再說話。他打心裡瞧不起這些從精神內部腐敗到外面的老傢伙。

說到底，這個城市完全不是表面看起來的樣子，但知悉這個事實的人卻沒有更清醒，反而更加的墮落。

現場短暫的沉默後，老警官首先開口：「隴川，拍完照了吧？」

隴川點點頭。

「打電話問『那些人』到底有沒有要派人過來，不然我們只好在記者知道這件事之前將現場毀掉了。」老警官故意看著宮澤說道，一副「這才是世界運行法則」的模樣。

宮澤冷笑一聲，彷彿聞到腐臭的氣味。

熬了一整夜的宮澤索性拿起現場簽到單撇了幾筆，便頭也不回地走向自己的金龜車，離開這個什麼都很噁心的地方。

第10話

宮澤清一，三十二歲，還在警官學校受訓時便以縝密的心思嶄露頭角，同學對他的聰明與想像力豐富的推理推崇備至，連食古不化的教授都對他讚譽有加。所謂的資優生就是指這種人吧。

優異的成績與表現，讓宮澤一畢業就進入東京警視廳裡最富有挑戰性的重案組，然後結婚生子，買樓買車，跟一般人的生命歷程無異。

直到前年，宮澤破了讓銀座小孩聞之變色的「子夜拔頭人」案後，立刻獲得警視廳高層的極大重視，進入他夢寐以求的「特別V組」，擔任高級案件分析員。

那時，宮澤的妻子剛剛生下第二個孩子，取名幸子。事業與家庭雙雙得意的情況下，宮澤的人生動力卻開始枯竭。

在進入特別V組之前，宮澤總是好奇地打聽這份年薪高達一千六百萬日圓的工作到底在做些什麼，但被問到的警官不是同樣毫無頭緒，就是大聲喝叱宮澤層級不到不要多管。

「混帳，不過是替吸血鬼賣命、掩蓋的骯髒組織。」

宮澤抓著方向盤咒罵著，要不是退出組織會讓家人變成吸血鬼的盤中飧，他一分鐘都不想待在這個全日本最墮落的機構，爲虎作倀。

特別V組，尤其是負責首都東京的V組，乃是實際統治整個日本的吸血鬼政權的滲透與延伸，負責掩飾吸血鬼的存在，職責包羅萬象，暗殺、清理現場、新聞控管、監控謠言流向、恐嚇、盤查、監聽等，單憑一張巴掌大的證件就可以通行東京各重要機構，徵召一般警員執行臨時性的任務。

特別V組最主要的活動，包括先各刑事單位一步檢視各凶案現場，研判是否爲吸血鬼或是人類的犯行，如果是吸血鬼做的案子，便毀滅現場，必要時殺死相關人證，然後往上呈報，讓吸血鬼政權接手調查。

好聽一點稱之爲鷹犬，俗稱走狗。

當初申請進特別V組的條件之一，除了優異的工作能力外，便是家庭幸福美滿。這讓宮澤深陷泥沼，無法全身而退。

但宮澤畢竟是個不能缺少挑戰的男人。

有些人，就是無法忍受翅膀上的羽毛褪色、啞落。

回家的路上，宮澤慢慢在腦中組合各件凶案的資料，以自己的節奏進行拼圖。

他將凶嫌稱爲「殺胎人」。

「起先是北海道的林道，然後一下子跳到札幌的陋巷，然後終於來到東京，青山車站後的路燈下、台場潮見的單身公寓、原宿妙圖寺的女子廁所、上野湯島路旁的廂型車、上野東照宮的醫院外、銀座高級住宅區的停車場……」宮澤思索著。

就合理性來說，這個變態的凶手擁有常人辦不到的運動能力，還有可怕的手勁，就這兩個條件來說，只有受過特殊武術訓練的吸血鬼獵人，或是吸血鬼才能辦到。

問題是，日本是世界上唯一沒有吸血鬼獵人存在的國度，尤其是首都東京，吸血鬼們掌握了國家大政、經濟、媒體、軍警系統，與犯罪活動。那些V組的老傢伙，就是因此認定殺胎人是個失控的吸血鬼。

這並非不可能。

以前也發生過逃脫組織的吸血鬼，一路啃食人血犯案，或是從國外進來的西洋吸血鬼，無視東京地頭的規矩。

「但這傢伙的的確確在兩個月前的北海道，大白天的林間步道，用相同手法殺害一名孕婦跟她肚子裡的畸形兒，還在動手前迅速將孕婦的丈夫用手刀敲昏。如果他是個吸血鬼，那就表示他有一個人類共犯，而那個共犯也碰巧跟他穿一樣尺寸的鞋子，擁有一樣的體能條件，也擁有一樣的恐怖手勁。」宮澤將金龜車右轉，將車窗拉下。

深呼吸，清晨的冷冽空氣鑽進他的肺，讓他思慮清晰。

「但我可不認識這麼節制的吸血鬼。不只是北海道的首發案件，在原宿妙圖寺的女子廁所裡原該有三個目擊者的，但殺胎人同樣先將這些『目標之外』的閒雜人等飛快敲暈，然後才針對孕婦下毒手，從頭到尾都沒有嘗過一滴人血，該說他冷靜自制呢？還是該說他仁慈？」

宮澤深深吐了口氣。

「殺胎人爲什麼對畸形兒這麼仇視呢？難道他自己本身也是殘廢？還是他正在執行某個宗教的儀式？從北海道一路殺到東京，一定不是路線上的單純巧合，得回去查查書才行。不過他既然針對懷了畸形胎的婦女下手，也實在太容易掌握他下一個目標了。別急，我馬上就可以逮到你了。」

無論如何，畸形兒應該很稀少才是。不然也不會被稱爲畸形了。

宮澤心裡盤算著要整理出一份東京所有醫院婦產科的診斷記錄，鎖定幾個懷了畸形兒的孕婦，然後重點保護。

另一方面，也要整理出一份特定名單，看看能夠掌握畸形兒資料的人中，有沒有可疑人士。

嘆了口氣。

宮澤盡量讓自己沉浸在辦案的自我戰鬥中，而不去想這些動作不過是爲了東京實際的主人——醜陋的吸血鬼們——所做的擦屁股動作。

吸血鬼政權層級分明、組織嚴密，已經在幕後統治日本上千年，不管是對人類還是對吸血鬼本身，都控管得相當有一套，很難想像會有一個不受控制的吸血鬼在大本營東京裡恣意妄爲這麼久。

任何的可疑案件都會引發民眾的恐慌，暴露出吸血鬼帝國在東京都下盤根錯節的事實。這是吸血鬼極不樂見的，即使各國的人類政府無不知曉。

所以特別V組經常幫忙吸血鬼老闆們搜尋叛逃組織的吸血鬼，一邊想盡辦法掩蓋失控的吸血鬼犯罪的新聞。所有跟吸血鬼有一絲相關的案件，都會被送到特別V組。

有時候，特別V組甚至要幫忙偷渡「血源」，確保吸血鬼的食糧安全等。以食物管理食物的圈養者方針。

「眞是狗屎，我這一把人生的牌玩到最後，居然連個對子都沒有。」宮澤將金龜車停在高級社區的電梯大樓前，開門下車。

在東京，能夠住在這麼高雅的地段，還多虧了他身爲高級食物的優渥待遇。

回到家裡，妻子奈奈正忙著孩子們的早點，誠太跟幸子在客廳裡來回奔跑又叫又鬧，宮澤跟大家笑了笑，疲倦地倒在沙發上，打開電視。

電視的早晨新聞正播出最近的孕婦殺嬰案的特輯，警告孕婦不應獨自活動，最好不要出門。

新聞淡化得還可以，將裂腹取嬰改成用手槍朝大肚子射擊，也避開了畸形兒這一環，免得被八卦雜誌胡亂炒作。

「目前警方正掌握一定線索，鎖定幾名特定嫌犯……」記者說。

鎖定個屁。

眞是夠了，根本毫無頭緒。

宮澤困頓地縮在沙發上，看著妻子好不容易喝令兩個小鬼頭安安靜靜在餐桌上吃早餐，然後才漸漸睡著。

第11話

不知道睡了多久，宮澤被奈奈叫醒。

「我睡了很久嗎？」宮澤打了個哈欠，聞到了自己火氣大的口臭。

「不，你的電話。」奈奈將電話遞給宮澤，然後替宮澤倒了杯水。

宮澤拿起電話，對方是個陌生的聲音。

「是宮澤警官嗎？」冷冰冰的聲音，老練而深沉。

心中一陣疙瘩，宮澤拿起話筒站了起來，打開落地窗，走到陽台上，不讓奈奈聽到談話的內容。

奈奈習慣了，完全沒有聯想到外遇這檔事。丈夫的警官工作充滿了不可告人的危險秘密，這點從丈夫的優渥高薪就能推測出來。奈奈拿了一本雜誌，回到臥房裡爲自己倒了杯咖啡。

宮澤謹愼地問：「請問你是哪位？」

「晚上六點半，在西武百貨四樓的藍圖咖啡店見面，請養足精神。」對方生冷的聲音，不帶一絲情感。

「你是『那些人』嗎？」宮澤搓揉著自己的右掌，它似乎有些神經質地發顫。

「請務必準時。」電話掛斷。

宮澤深深吸了一口氣。

他並不是個膽怯的人，但現在卻覺得很不安。

宮澤走到臥室裡，跟奈奈說：「今天晚上我有個飯局，不必準備晚餐了，妳帶兩個小鬼去外頭吃頓大餐吧。」

奈奈將雜誌放在一旁，笑著說：「慶祝什麼呢？」

「我或許又要升遷了。」宮澤的笑卻帶著苦澀的自嘲。

千軍萬馬

命格：情緒格

存活：三百年

徵兆：氣若洪鐘，步履昂藏，葉無風震動，獸鳥俱驚。

特質：增加宿主與其部眾的自信，並具體激增戰鬥的力量，倘若無武功之人得到，身上的氣勢亦可震射敵人，或折服友方。

進化：霸者橫攔，G大的夢想

第12話

六點二十五分，東京池袋，西武百貨四樓。

宮澤本以爲藍圖咖啡店是個安靜地方，但這裡實在吵鬧，人來人往的。除了坐在窗戶旁的一男一女。

男人的臉猶如鐵鑄般生冷，穿著一身鐵灰色的西裝。受過嚴格軍事訓練的體魄即使被衣服包裹住，卻以高高隆起的姿態展現它的剛毅。

男人的眼神像食屍禿鷹，隨時都在搜獵著什麼。

女人戴了一副紅框眼鏡，顯眼的誇張金色耳環在短髮旁輕輕搖晃著，紅色的短裙套裝很適合她活力十足的笑容。

桌子上已有三杯咖啡。

「請坐。」男人示意，他說話的時候有種天生的權威。

「你們好。」宮澤坐了下來，兩隻腳居然有些發抖。

這是宮澤第一次近距離跟吸血鬼單獨相處，而且不得拒絕。他下意識地搓揉著自己冰冷的手掌。

至於宮澤怎麼知道眼前一男一女並非人類，那便要回歸到食物鏈上的天生直覺。一隻白老鼠在一條蟒蛇前，必會不自禁地顫抖。

「不需要緊張，這裡人多。」鋼鐵般的男人每一個字都結了冰。

的確，店裡熙熙攘攘的人群正是宮澤的保護傘，宮澤勉強擠出微笑，這也許是吸血鬼貼心的安排吧。

女人笑吟吟地看著宮澤。

「宮澤警官應該已經知道我們的身分了吧，自我介紹，他是牙丸禁衛軍隊長，兼東京地區特殊事件處理組的組長，牙丸無道，我是副組長，牙丸阿不思。」女人親切的介紹，讓宮澤開始卸下心防，努力揪動臉部神經，報以一笑。

如果宮澤看過阿不思殺人時的姿態，他一定笑不出來。

「你們找我來，我猜，是想跟我討論殺胎人……這是我取的名字……最近在東京所犯下的六件凶案吧？」宮澤直接進入話題。

不管吸血鬼有多親切，他一點都沒有興趣跟他們交朋友。這只是他人生一份醜陋的工作，一句糟糕的註解。

「他不是我們組織的人。」無道簡短的一句話，就抹消了此案極大的灰色地帶。

「我想也是。」宮澤點點頭，以前V組監控追查的幾個吸血鬼叛徒都努力使自己過得像白開水一樣平淡，好讓形跡不露。

沒有一個叛徒膽敢如此囂張，生怕別人找不到他似的。

「我看過V組呈上的報告，裡頭說，你甚至不認爲這個案子是血族所做的？」阿不思頗有興味地看著宮澤。

她的身體發出濃烈的異性氣味，充滿了勾引與衝動。

「依照連續殺人犯的作案模式統計，百分之九十七的series killer都是獨行俠，不會有同夥，既然是單槍匹馬，所以在北海道大白天的首椿謀殺不可能是吸血鬼所爲。附帶說一點，每個犯案現場的被害人都沒有遭到吸血的現象，雖然這可能是個掩飾，但我看不出犯下這麼大膽的凶行之餘，做這種掩飾有什麼必要。」宮澤說出推論。

「爲什麼都是獨行俠？怕另一個人畏罪自首嗎？」阿不思顯然對宮澤的看法很有興

趣。或是對宮澤這個人很有興趣。

「每個連續殺人狂都想藉著凌遲、殺戮、姦屍成爲當下的上帝，但是……」宮澤冷冷地說：「上帝只能有一個。」

阿不思露出「原來如此」的表情。

「我們要逮到他。」無道的聲音比鐵還要冰冷。

「是嗎？」宮澤突然發覺自己終究掩飾不了對老闆們的不屑，說：「這個人的手可以將孕婦的肚子撕開，又可以像你們一樣在天花板跟柱子上跳來跳去，雖然不怕光，但也許你們會比我更清楚這是什麼樣的怪物，何必來找我？」

無道沒有被激怒，只是機械說道：「他已經成了麻煩。幫我們找到他。」

阿不思笑著：「既然凶手不是吸血鬼，也不可能是人，看來我們彼此都有合作的理由，不是嗎？我們會給你額外的報酬。」

宮澤直截了當地說：「我收到的髒錢夠多了，我今天會來，不過是怕了你們。」

他的雙腳已經不抖了。

宮澤正在端架子，好討回喪失殆盡的一絲尊嚴。

阿不思並沒有生氣，無道更是面無表情。

「或許我們還有你想要得到的東西？」阿不思笑著，兩只耳環叮叮噹噹。

「或許我現在就殺了你。」無道在恐嚇時，語氣並沒有特別提高。對食物展現威嚴是多餘的。

宮澤的氣勢迅速癱洩掉，難掩懊喪之色。他在心裡不斷咒罵著自己的懦弱，殊不知方才他所展現的姿態已是這城市罕見的氣魄。

「拜託你囉。」阿不思微笑，輕易緩和不愉快的氣氛。

宮澤鎭定，收攝心神。

「首先，一定要知道他爲什麼要挑懷有畸形兒的孕婦下手，看看是不是跟某個神秘教派的儀式相關。」宮澤實在不喜歡這種窩囊的感覺，只好繼續單純的分析：「如果你們只是想找到他，你們也知道應該去研究研究誰可以掌握東京所有畸形兒的資料，然後針對特定人士做調查、跟蹤。」

阿不思點點頭，從公事包裡拿出一份資料說：「跟我們想的一樣，截至今天，全東京有七百三十六個已經接受醫院檢查跟登記的孕婦，其中有十個健康的孕婦是被組織選定的糧食，正受到特定保護，有五個孕婦被檢查出懷有先天畸形兒，其中有三個已經受害，一個在上個禮拜接受人工流產，目前只剩下一個懷有畸形兒的女人。」

宮澤疑惑了，說：「殺胎人在東京已經殺了六個孕婦，但這些受害者裡面卻只有三個人到過醫院檢查、留過記錄？難道他不是從醫院的就診資料中挑選被害人的嗎？」

阿不思點點頭，微笑：「所以他一定用別的方法找出懷了怪嬰的孕婦。」

宮澤拿起桌上爲他準備的咖啡，將一口含在嘴裡咀嚼著，皺著眉頭。

眞是怪異，難道凶手是個密醫？

「依照你們的推算，東京現在大概有多少個孕婦？」宮澤將咖啡吞下。他知道全世界就屬日本的各項人口統計最爲精確，因爲吸血鬼的統治勢力必須仔細計算出哪些人口應被選作皇族進食的餐點，哪些人口又應選作大量豢養於地底血獄的菜人。

「約在一千到一千兩百人之間，根據統計的合理猜測，不知道自己懷了畸形兒的孕婦可能還有三人到五人之間。」阿不思顯然準備充分，思慮精細。

這樣啊……

「所以你們現在一定派了人去保護那個到醫院檢查過、目前還活著的畸形兒孕婦了吧？」宮澤看著阿不思。

阿不思點點頭。

「算我多事，你們派了什麼特種部隊去『保護』被害人？吸血鬼飛虎隊？吸血鬼三角洲部隊？吸血鬼反恐特警組？吸血鬼忠勇大刀隊？」宮澤滿口胡說八道，左一句吸血鬼又一句吸血鬼。

他就是無法習慣自己居然能跟吸血鬼老闆好好地坐下來懇談，甚至共進一餐。

「你一定聽過牙丸組吧。」阿不思淺笑，牙丸無道在一旁冷冷未言許久，此時眼睛卻發出驕傲的光芒。

第13話

黑夜初降。

咚咚咚的木魚聲。

五個身穿銀色風衣的高大男子，分別站在五個方位，凝神觀察附近的任何風吹草動。

五個方位的中心，是一個小小的公寓單位，裡頭一個單身孕婦正在焚香求佛。遠山青子。

□

「嗯，擅長精神戰鬥的白氏，喜歡肉搏戰的牙丸組，是我大老闆日本吸血天皇的兩大得力部隊，你們兩支繁衍的純種吸血鬼是全世界最多的，不曉得哪天想到又要建立大東亞共榮圈超級大血庫了吧。」宮澤嘴巴不饒人，但雙腳已忍不住又抖了起來。

此時宮澤發現周遭的吵雜聲都靜了下來，只有一旁走過的服務生手中的咖啡瓷盤，不斷發出無法拿穩的碰擊聲。

阿不思兀自微笑。

無道的身上不斷發出驚人的殺氣。

冰冷的氣息迅速渲染開來。

□

「佛菩薩啊，請給我指示，告訴我應不應該將孩子生出來……」

青子眼淚撲簌簌流下，跪在蒲團上的她手中的木魚一直沒有停過。

善良的她被男人在暗巷玩弄後懷孕，跑了兩次醫院檢查，即使知道肚子裡的孩子是天生殘缺，但青子的心中一直很掙扎，很痛苦。

畢竟孩子是無辜的，也許這正是神明給他的考驗。

一道張狂的黑影劃過月色，重重地落在離青子公寓不遠的屋頂上。

□

「牙丸鐵血，東亞無敵。」無道的聲音鏗鏘有力，像擊在岩石上的寒鐵。

「東亞無敵，那何必需要像我這樣一個小小角色的幫忙？」宮澤打了個冷顫，但言辭還在努力做最後抗拒。

看了看阿不思，宮澤又說：「她是個很幹練的女人，找她便行了。」

「我們搞不清楚一件事。」阿不思將一張照片遞給宮澤。

宮澤倒吸了一口氣。

□

張狂的黑影慢慢站了起來，高大，而模糊。

黑影四周的空氣詭異地擾動，就像酷熱的正午時分，汽車引擎蓋上蒸融扭曲的空氣。那擾動將黑影的線條破壞殆盡，只剩下一團散置的黑。

五雙冷酷的眼睛早就盯著他。

「好像是同類？」一個牙丸武士慢慢挪動身體，小心接近距離不到三十公尺的高大黑影。

其餘四個方位的牙丸武士按兵不動，凝神觀察著出手的時機。

「報上名字。」牙丸武士銀色風衣揚起，露出腰際上的銀色貝瑞塔九二F手槍，上膛。

「我不跟死人說話。」模糊的黑影似乎有張相當模糊的臉孔。

牙丸武士貝瑞塔手槍舉起，扳機扣下，火藥擊發，子彈高速旋轉。

□

照片上的男人是具慘不忍睹的屍體。

顯而易見，他生前遭受過非常恐怖的凌虐。

四肢斷折，胸口凹陷，連肋骨都一齊翻刺了出來，五官血肉模糊。

「是徒手，每一個打擊都是徒手。」無道說。

「但這個男人沒有懷孕。」宮澤沉吟著，看著照片。

「不，重點是，這個叫寧靜王的男人是我們血族的一份子，而且是箇中好手。雖然上個月因爲叛變了組織逃亡，不過他可是殺人不眨眼的壞胚子，窮凶極惡，沒想到有人比他更凶。」阿不思淺淺笑著，絲毫沒有嘆息之意。

「寧靜王？現在他看起來果然很寧靜。但你們憑什麼認爲殺死這個吸血鬼的正義之士就是殺胎人？」宮澤喝完最後一口咖啡。

阿不思推了推紅邊膠框眼鏡，說：「我們有最好的鑑識調查員，專門處理『下手的人是誰』這樣的問題。很準喔，如果有知名的血族獵人膽敢跨海在東京都狩獵我們，立刻就可以查出是誰，天涯海角我們也會反過來狩獵他。」

□

掏出手槍的牙丸武士跪在地上，脖子上的腦袋歪歪斜斜垂著，兩隻眼珠因爲壓力急速膨脹的關係，像陀螺一樣詭異地旋扭著，黑色與白色混沌在一塊。

「一起上！」一個牙丸武士才剛剛說完，兩袖刷出兩把鋼刺，黑影就從他的頭頂掠過，然後他感覺到自己的雙腳好像快陷進水泥屋頂裡。

碰！他的腦袋整個碎裂。

「快走！交戰不是我們的任務！」餘下的三個牙丸武士飛快朝三個方向離去。

然而模糊而巨大的黑影卻一點狙殺他們的興趣都沒有，他只是抽動鼻子，然後朝咚咚木魚聲來處重重踏步前進。

□

「嗯，這種虐殺吸血鬼的重手法你們見過嗎？建過檔嗎？」宮澤問。

「類似的重手法不少，但是殺胎人的手勁偏向古氣擊很多，而不是純粹的怪力。這樣的手法很罕見，即使是最優秀、最勤於鍛鍊的血族獵人也只能說跟他不相上下。」阿不思聞著咖啡，說：「善使古氣擊的血族很少，因爲細胞變異的關係，極少有血族的身體能夠習慣人類發明的武術。」

「所以殺胎人是人類的機率大了些？難道沒有像是狼人啊、半獸人啊、還是其他的怪物？」宮澤問，雖然他也認爲殺胎人是個人類。

「我們列了一份世界有名的吸血鬼獵人的清單，但論錄影帶裡的體形、步距速度，以及這樣的重手法來研判，沒有人符合。」阿不思選擇性回答了宮澤的問題。

「嗯。」宮澤又陷入沉思。

此時，阿不思放在桌上的傳呼機響了。

阿不思拿起傳呼機，笑笑地看著上面的簡訊，說：「任務結束，死了兩個，逃回了三個。對方果然有兩下子。」

「是同類嗎？」無道面無表情。

阿不思笑而不答，因爲簡訊上並沒有註明這點，顯然那些飯桶也沒能觀察出來。

宮澤則思考著照片中慘死的寧靜王，跟這些懷了畸形兒而遭到謀殺的孕婦有什麼關連性。

乍看之下，孕婦，或者說是畸形兒，是特意遭到鎖定的謀殺焦點，而寧靜王則是突發奇想的殺戮，很可能只是不得不為的遭遇戰。

但，如果這些吸血鬼老闆只是想得到這種答案，根本沒有必要把他找來這裡。

「宮澤警官，你應該知道我們需要你了吧，我們想借重你的想像力，不只想找出殺胎人是誰，也想瞭解他的動機跟犯案模式供我們建檔研究，你要什麼資料我們都會詳盡地補給你，包括十分鐘前在台場東雲慘死的孕婦，以及我們兩位牙丸成員的驗屍報告。」阿不思甜膩地笑著。

阿不思剛剛用「想像力」取代「推理能力」，顯然別有用意。

「而從這一秒鐘開始，升你為特別V組的課長，直屬我們牙丸組，不必再聽其他人類的指示。」阿不思補充，果然升了宮澤的官。

「真是步步高升啊。」宮澤冷笑，站了起來：「先給我寧靜王的背景資料吧，包括一些具體的描述、跟他做過哪些特別的事，最好去做做吸血鬼訪談再告訴我。還有，我要知道那些孕婦被殺掉的精細過程，總之資料越多越好，亂七八糟也沒關係，我自己會找出最有用的部分，千萬別自作聰明幫我去蕪存菁。」

阿不思愉快地點點頭，無道則依舊是不牽不動的撲克臉。

「還有，以後別叫我警官，叫我忠狗或奴才就可以了，別污辱『警官』兩個字。」

宮澤自嘲，轉身離開藍圖咖啡店。

□

半小時後，遠山青子的單身公寓被黃色的封鎖線圍得密密麻麻。

青子的屍體倒在小小的佛堂前，死因是腰背部被不明凶器貫穿，脊椎骨斷折撕裂，肚裡的嬰兒硬生生被凶手從背後連同子宮一齊拔出。

嬰兒有兩張臉，頭部嚴重畸形，他的眼睛憎恨地看著天花板。

死因：胸腔爆裂。

一份小報透過種種非正式的管道得到消息，大膽東拼西揍出此連環凶殺案的部分眞相，東京都人心惶惶，稱變態凶手爲「孕婦裂腹殺手」。

隔天，撰寫此一新聞特輯的記者失蹤，從此下落不明。

千驚萬喜

命格：機率格＋修煉格

存活：五百年

徵兆：渺小到任何人都決不可能發現

特質：在蒼茫天地中尋找出極巨大的喜悅與幸運。缺點是極不確定幸運的引爆點在何時啓動；若還未引爆就卸下命格會喪失幸運的契機，宿主在幸運啓動前即因故死亡也是有可能的。

進化：不明。在機率格的命累積到五百年以上，再經由宿主刻意修煉命格機率發生的方向性。

第14話

「下好離手！」

賭場裡菸味、酒味、粉味，三味不缺。

大笑聲、喝叱聲、咒罵聲，三聲俱齊。

這三味三聲在新宿三丁目的三K賭場樣樣都有，數百人在東京第四大的地下賭場用籌碼瞬間與他們的人生決勝負，腎上腺快速分泌的氣味感染了每一個賭客。

但夜過了泰半，整個賭場的焦點漸漸全集中在「二十一點」長方形的綠色賭桌上。

該桌有個客人已經連續贏了三十六場，籌碼堆得像座小山似的，教人眼紅。

出奇的是，男賭客刻意赤膊著上身，露出鬆垮的虛肉，以示絕對沒有作弊。

「莊家開牌！十九點！」主持二十一點的莊家喊著，早已全身大汗。

男賭客哼哼一笑，將根本沒掀開看過的兩張牌慢慢打開。

又是二十一點！

全場幾乎沸騰了，然而每個賭客的心中都嫉妒得不是滋味，爲什麼這個男人的賭運這麼好，偏偏不是自己。

莊家擦擦臉上沒有停過的冷汗，他已經是第三個莊家了，是這家賭場最會抓作弊的高手，然而他根本就看不出眼前的男人耍了什麼把戲，卻又絕不可能承認眞有人運氣如此之霸道。

「今天晚上眞是幸運啊。」賭客的名字叫做鈴木。

鈴木笑笑地將所有的籌碼再度推到面前。

剛剛的勝利讓他又贏了雙倍，總共是八千兩百萬日圓。

莊家不知如何是好，看向遠方氣急敗壞的賭場老闆，等候指示。

「開賭場不怕付不出錢，只怕賭客不敢下注。這句話還管用嗎？還是貴賭場只准賭客輸錢不准贏錢啊？」鈴木哈哈大笑。

其餘的賭客也紛紛鼓譟起來，等著賭場老闆處理。

鈴木是這家賭場的常客，以前是個大企業家，但是在一場精心設計的詐賭中輸給了賭場所有的身家後，從此潦倒街頭。

但是在今晚，他靠自己出奇霸道的手氣，贏回當初身家的五成。

「臭小子，等會兒暗地掛了你，錢照樣把你剁回來！」賭場老闆橫了心，點頭示意莊家發牌。

「等等，讓我來吧。嘻，好久沒遇到這麼刺激的賭局。」一個瘦瘦高高、一身黑色西裝的男子笑嘻嘻地走到賭桌前，將剛剛慘輸的莊家換下。

鈴木聳聳肩，不以爲意。

「嗯，讓他輸個精光不說，我還要讓他再賠兩倍！」賭場老闆點起雪茄，滿意地看著爲他賺過數十億的吸血鬼，超級莊家阿久津。

阿久津先是躬身向全場致意，然後輕鬆寫意將兩張牌輕輕丟到鈴木面前，此時賭場全都靜了下來，三百多雙眼睛心情複雜地專注於這場賭局上。

這些人當中，很多今晚都輸了不少，他們期待鈴木能狠狠將吃人的賭場削一頓，卻又更期待鈴木瞬間就將八千多萬日幣輸個精光，如此他們才會有「至少我不像某個不知見好就收的笨蛋」的自我安慰。

然而鈴木根本沒有看牌，就跟前幾次一樣。

鈴木渾然不知阿久津已經用吸血鬼獨具的超高速手法與眼力，將自己的底牌安排成一張黑桃八跟紅磚八，剛剛好是進退維谷的牌面。

「莊家開牌！二十一點！」阿久津將牌掀開，大聲說道。

是一張紅磚一跟紅心十。幾乎已立於不敗之地。

他得意地看著鈴木。他方才用了超級手速選牌，全場三百多雙眼睛都給騙了過去，不可能被發現。

鈴木瞇著眼睛，心臟劇烈鼓動。

難道這一把牌居然陰溝裡翻船？

不！不可能的！

在賭桌上，我就是神！

從前天開始，我在十三個小賭場裡從沒輸過任何一把牌！百家樂、擲骰子、天九、麻將、電子賭馬樣樣都贏！這一把牌我也可以強渡關山！逢凶化吉！

「補牌！」鈴木大喝。

阿久津掀開一張牌補給鈴木，是張黑桃四。

「客人，你確定不看底牌？超過了點數可要加倍，就不只輸掉你桌上的籌碼，恐怕還得幫你聯絡器官販子了，但我想你的腎臟可沒有這麼好的行情。」阿久津笑道。

「再補！」鈴木冷笑。

如果這一把牌輸掉，他就自殺。事情就是這麼簡單。

「行！」莊家又掀了一張補牌給鈴木，是張紅心五。

「再補！」鈴木雙手按在桌上。

此時他覺得雙掌有股劈劈啪啪的灼熱感，好像快要燒起來似的。

「爆！」阿久津大喝。

雖然他知道鈴木已經超過點數了，但高手就是高手，他知道下一張牌是張危險的紅心A，手底一滑，以肉眼無法跟上的超快速度將一張紅磚七發給鈴木。

四加五加七，三張補牌一共是十六點！

「你的人生結束了。」阿久津微笑。

所有人凝視著鈴木的表情，期待看見崩潰扭曲的神色。

「賭徒就該相信自己的命運！」鈴木的表情變得相當猙獰。

他的雙手血管裡竄流著滾燙的血液，直要沸騰起來。

鈴木將兩張底牌掀起，啪！

一張黑花二！一張黑花三！

加起來是二十一點！

全場嘩然，然後爆出如雷掌聲與吼叫。

「過五關，又二十一點，一共是五倍，四億一千萬！」鈴木大笑，不斷地大笑。

阿久津驚愕不已，他的手顫抖得厲害。

難道是我發錯了底牌？我居然發錯了底牌？

「今天晚上就饒了你們吧！山本老闆，請開張四億元的即期支票給我！剩下的一千萬就分給現場所有的人吧！哈哈哈哈哈！」鈴木痛快地說。全場賭客大樂，又陷入一陣瘋狂。

賭場老闆的雪茄燙到手，但他心疼得已經沒有知覺了。

阿久津深深吸了一口氣，殺機已經確立。

今夜，他誓言爲老闆奪回那張四億元的支票。

第15話

今晚是鈴木這輩子最幸運的一天。

「哈哈哈哈哈哈！這下子連本帶利全都回來啦！我又可以住豪宅！玩漂亮女人！開他媽的手工跑車啦！」鈴木難以壓抑心中的興奮，他將支票夾藏在臭襪子裡，踩著鉅款大笑前進。

深夜的新宿有些冷清，鈴木穿著破舊的大衣進入暗巷，拿了幾張鈔票跟一個流浪漢換了身上的衣服後才又從另一條小巷鑽了出來。

鈴木也不是笨蛋。

「嘿，明天要去哪裡賭好？恐怕我的名聲已經傳遍整個東京，沒有賭場敢讓我去了。也好，明天將支票存進戶頭後就搭新幹線去別的地方賭吧，心裡好久沒這麼踏實了。」鈴木盤算著，一邊注意有沒有計程車，或是附近的旅社。

帶著鉅款，可別出了什麼意外才好。

鈴木走在早已關門的百貨公司街上，路大比較安全。

此時一輛計程車慢慢地從街角轉了進來，鈴木趕緊招手。

「載我到最近的旅社吧。」鈴木說，坐在車後看著自己的手掌。

這幾天賭運亨通，在決勝負的最關鍵時鈴木的手掌往往灼熱飛紅，彷彿皮肉裡藏了炭火，血管裡的血液幾乎要沸騰蒸發似的。

「以前的掌紋好像不是這個樣子的？」鈴木從沒注意過自己以前的掌紋是什麼樣子，但現在的掌紋著實有些奇怪。

依稀是個赭紅色的囚牢。

「大概是我上輩子做了什麼好事，現在好報來了吧？」鈴木笑笑看著掌紋。

不知為何，突然想到賭運奇佳的前幾天自己竟生了一場大病，躲在天橋下全身忽冷忽熱，好像快要死掉了，沒想到大病過後一切否極泰來，峰迴路轉，從跟紙箱遊民賭的第一把骰子起就不知道什麼是輸的感覺。

然後就這麼贏回了所有。

猛然身子一震。

計程車撞上路邊的廣告看板，停了下來。

鈴木大吃一驚，問：「老兄，你別這麼誇張啊！」

但見計程車司機的額頭上多了一個黑點，皮椅上全是濃稠的腦漿。

「哇！哇———」鈴木嚇得屁滾尿流，一時之間根本不知道該怎麼反應，腦袋一片空白。

計程車前，站了一個穿著黑色西裝、打著紅色領結的瘦高男子。

男子憤怒地瞪著鈴木。

是吸血鬼莊家，阿久津。

「下車！把支票拿來！」阿久津揮動手中的西格爾P二二六，怒喝鈴木下車吐錢，氣沖沖的樣子跟剛剛在賭場發牌時的優雅判若兩人。

一隻黑貓輕溜溜地走過馬路。

鈴木的神經緊繃到極限，胸口劇烈喘伏。

「老子叫你下車！下車！下車！」阿久津舉起槍，扣下扳機。

子彈擊破玻璃，掠過鈴木的身旁。

黑貓喵了一聲，來到撞毀廣告看板的計程車旁，嗅著輪胎。

「饒……饒了我……」鈴木渾身冷汗，想要開門下車，卻發覺雙腳根本不聽使喚。

而他的雙掌也開始冰冷。

「剛剛你到底使了什麼妖術！在老子斃了你之前快說！」阿久津放下手槍，走到計程車旁拉出司機。

趁著屍體還頗有溫度，阿久津將司機舉了起來，尖牙插進，大口暢飲著司機的鮮血。雖然這麼做違反了吸血鬼東京都約，但，等一會再好好將兩人的屍體處理好就可以了。

鈴木看了這一幕，簡直完完全全崩潰了。

流傳已久的、東京聚集了無數吸血鬼的傳說，居然是眞的。

我惹了最不該惹的人啊。鈴木雙腿一軟。

「支票……我不想要支票了……求求你放過我吧。」鈴木流下眼淚，雙掌猶如進了冰庫，冷得喀喀發抖。

黑貓在青色的路燈旁坐了下來，盯著計程車門。

牠的黑色細毛上，有著淡淡的白色紋路，雪白一片環繞牠的頸子，有如穿著黑色西裝的貓紳士。

「把支票拿出來，接下來看老子有沒有心情饒你。」阿久津手中的槍，已經瞄準了鈴木的太陽穴。

鈴木彷彿看見自己的靈魂即將出竅。

「大叔，擁有上好賭運『信牢』的人，可不能這麼畏畏縮縮的，會把命白白送掉喔。」

聲音來自高高的天空上。

鈴木沒有聽見，但聽覺靈敏的阿久津機警地拋下司機屍體，將手槍舉向天空。

一道黑影踩著一旁百貨大廈輕飄飄落下，好像一支黑色的軟羽毛。

阿久津看清楚了，是一個身著黑色風衣、眉清目秀，綁著馬尾的大男孩。

瞧他的模樣，應該在二十歲左右。

「我哥哥說，開賭場的最需要兩樣東西，錢跟度量。」大男孩慢條斯理說：「所以回去建議你們老闆，還是把賭場關了吧。」

「是嗎？」阿久津打量這從天而降的大男孩。

是同類嗎？

這個男孩很強。阿久津嗅到了危險。

「我要開始忙了，所以從現在開始給你五分鐘逃跑，如果你跑得掉就恭喜你了，如果再被我追上，那也只能怪你跑得不夠快。」大男孩說，舉起手，露出手腕上的手錶。

「喔？沒想到東京還有人敢當獵人，更想不到有獵人要跟我爭這張支票。」阿久津冷笑。

阿久津感覺到大男孩的體溫大約在三十七度，比起吸血鬼的常溫二十五度還要高出許多。而對方踩著高樓垂直的牆壁輕飄飄走下，全世界只有修習古武術的吸血鬼獵人才能辨得到吧。

大男孩指著手錶，認眞說道：「還有四分五十二秒。」

阿久津冷笑，正想給這個吸血鬼獵人一點教訓，突然間，他的雙腳不由自主拔開地面。

正當阿久津大感駭異時，背脊不知怎地撞上了路燈，整個身體重重摔了下來。

路燈柱嚴重彎曲，光線忽明忽滅。

「……」阿久津摸著腹部，說不出話來，丹田之中有一股不斷狂奔的氣流在旋轉，讓他的肚子幾乎要裂了開來。

糟糕。

會喪命。

阿久津寒毛直豎，眞後悔來討這張該死的支票。

但大男孩沒有理會汗流浹背的阿久津，逕自走向撞毀的計程車。

鈴木的雙腳依舊不聽使喚，剛剛發生的一切只讓他更生畏懼。

「你也是來……搶支票的吧……」鈴木全身縮在一起，瑟簌發抖，整個人好像矮小了不少。

大男孩搖搖頭，露出親切的微笑，說：「支票你留著，那是你豁盡一切應得的，不是嗎？」他拉開計程車門，鈴木整個人不禁一震。

「但流浪到你手掌上的東西不應該是你的，我必須拿走。抱歉。」大男孩蹲下，原本坐在路燈下的黑貓機靈地靠了過來。

第16話

大男孩一雙大眼睛看著顫抖不已的鈴木，左手撫摸著黑貓的額頭。

黑貓閉上眼睛，溫馴地任由大男孩撫摸。

不趕時間的話，這種事還是慢慢來得好。

「鈴木先生，請閉上眼睛，全身放輕鬆就可以了。」大男孩溫柔的話語有一股魔力，鈴木居然暫時忘卻死亡的恐懼，慢慢閉上眼睛。

大男孩口中默默念咒，伸出右手快速在空氣中結印，手指附近的氣流急速震動，好像有一股肉眼看不見的能量在竄流著。

「『信牢』，來吧。」大男孩看著鈴木，右手以無法言喻的超高速畫動著流傳四千多年的古老咒符，然後伸掌急抓鈴木的額頭。

鈴木全身哆嗦，彷彿全身墮進無窮無盡的黑暗裡。他想張口大聲呼救，卻無法動彈半分。

接著，鈴木感覺到身體一下子浸泡在冰冷的泉水中，一下子被焚火包圍著，忽冷忽熱，宛如大病一場時的痛苦感覺。

大男孩額頭汗珠不斷，黑色的風衣早已被大汗浸濕。

無法形容，但很明顯，有某個看不見的東西爬梭在兩人之間。

慢慢地，大男孩的手掌起了奇異的變化，蜿蜒的肉線詭異地扭曲，血肉滾燙、甚至冒起蒸蒸白煙。

碰！

一個約莫一公尺的氣圓，在大男孩與鈴木中間緩緩震開，空氣吱吱作響。

大男孩緊緊握住右手掌。

他知道此刻他的掌紋，已蛻變成一個紅色的囚牢。

「麻煩你了，紳士。」大男孩鬆了一口氣，左手揉著黑貓額頭。

一瞬間，大男孩的掌紋化為烏有，倒是黑貓無奈地低喵了一聲。

「好了，鈴木先生可以睜開眼睛了。」大男孩拍拍鈴木的肩膀，微笑。

鈴木疲憊地張開眼睛，此刻他全身虛脫，有若大病初癒。

「你的賭運已經被我拿走，所以記住了，明天銀行一開就把支票存進去，四億元足夠你東山再起、過一輩子舒服日子了，別再想賭博的事，一天到晚把籌碼在桌子上丟來丟去，就算四百億也會輸光。」大男孩好心提醒鈴木。

鈴木不知所以然地發呆。

大男孩只好從口袋裡拿出一枚銅板，拋在空中接住。

「正面反面？賭一巴掌。」大男孩問。

「反面吧？」鈴木恍恍惚惚地說。

大男孩攤開掌心，是正面。

鈴木還來不及反應，臉上就被甩了一個清脆的耳光。

「跟你說別賭了。記住了啊！」

大男孩嘆口氣，站了起來，朝彎曲的路燈下一看。

倒在不遠處的阿久津果然趁機逃跑了。看樣子他的身子還蠻壯健的嘛。

大男孩舒展了一下身體，看了看錶，將失魂落魄的鈴木扶了起來，指著一旁的小巷說：「別待在凶案現場，快走就不會有事。一定要記住我的話，知道嗎？」

黑衣揚起，一手攬起一隻叫紳士的貓，大男孩像一場怪夢般，消失在鈴木的生命中。

第17話

「幸好還來得及躲起來，剛剛真是九死一生。」阿久津吁了一口氣。

他的腹部還在絞痛，但他在新宿上空飛簷走壁，一下子就跑到距離計程車撞毀地點三公里外的高島屋百貨上。

阿久津心有不甘，賭輸了一副牌就輸掉了老闆四億，出來追支票又被年輕的獵人一掌打得喪失戰意，真是沒面子透了。

像我這麼優雅的吸血鬼，怎麼會一整夜走屎運？他忿忿心想。

「別跑了。」大男孩的聲音赫然出現在阿久津的右邊。

阿久津大驚，踩在屋頂天台的腳步不停，掏出手槍就往右邊扣下扳機。

但子彈還沒擊發，手槍就被一道閃光斬離脫手。

「可惡！你不是說給我五分鐘逃跑的嗎！現在才三分十六秒！」阿久津憤恨地咆哮著，左手握緊甫被折斷的右手腕，停站在一戶人家的水塔上。

大男孩的眼睛清澈明亮，就如同他的掌紋一樣空白無瑕。

紳士從大男孩的左手懷抱中跳下，貓爪搵搵眼睛。

「我想過了，如果我追丟你了怎麼辦？」大男孩的眼神極其無辜。

阿久津呆晌，看著大男孩，無法說出一個字。

「你一定會在心底偷偷笑我。」大男孩認眞說道，左掌平舉。

阿久津完全愣住。

「混帳！跑得了是我的本事！你們獵人說話都不算話的嗎！」阿久津大叫，想用憤怒掩飾內心的恐懼，他明白他一點機會都沒有。

阿久津開始後悔這些年來太過倚賴槍枝，早疏於拳腳搏鬥的鍛鍊。

都怪東京是個太過安逸的吸血鬼天堂。

「獵人說話要算話的嗎？」大男孩總算露出一點笑容，說：「幸好我不是獵人。」

阿久津大吼，孤注一擲衝前，左掌成刀斬下。

銀色的月光，震動。

阿久津雙膝跪下，兩眼被巨大扭動的壓力瞠出眼窩，兩排尖牙在嘴裡崩脫。

新宿的夜，終於寧靜。

「我是烏拉拉。」

大男孩將紳士抱起，愉快地撫摸著牠的頸子。

「一個藏在中國四千年歷史背後的，獵命師。」

信牢

命格：機率格

存活：一百二十年

徵兆：賭運奇佳，尤其在押注手邊所有籌碼時最容易發現壓倒性的幸運。

特質：相當倚賴宿主的自信心才能發揮力量，而非帶給宿主自信感。但信牢在雙方實力有一定程度接近時才能發揮決定性的力量。若宿主信心失卻，會反手將好運用罄，全盤皆輸。

進化：如果宿主不斷保持勝利的機率，則將進化成大幸運星、雅典娜的祝福等，或蛹化成千驚萬喜，或因宿主失卻信心而萎縮。

第18話

宮澤一大早就收到了一個大紙箱，裡面的資料又重又繁，應他所求。

「老婆，今天我要在家裡辦案。」宮澤抱著紙箱走樓梯，對剛剛送了小孩上學的妻子奈奈說：「這箱子裡頭有很多資料跟照片都很血腥，妳跟孩子都別進書房，很噁心的。」

奈奈沒有反對，但露出好奇又可愛的表情。

「我是說眞的。」宮澤苦笑：「別嚇壞了孩子跟妳自己。」

「遵命，宮澤警官。」奈奈回了個舉手禮。

三個小時後，宮澤的小書房就被佈置成標準的、幹練的、經驗老道的刑事組研究室，血腥的現場照片黏貼在牆上，上面標記了吸血鬼凶殺鑑識專家的意見。

二十五吋的電腦螢幕上反覆播映著殺胎人掠出地下停車場的畫面。

桌子上的剪貼簿夾滿了凌亂的筆記資料，還有一本阿不思特別提供的《禁斷宗教儀式考》。「我想這本書裡頭提到了七種殺嬰的宗教儀式，但沒有一種符合這次的情況；如果你想要保存這本書，儘管收下。用功的阿不思敬上。」

宮澤沒有反駁阿不思的見解，也很有興趣收下這本似乎不存在世界上任何一間開放圖書館的怪書。

拋開宗教儀式方面，宮澤的確理出對「殺胎人」的一些了解。

殺胎人身高約一百八十五公分，體重在七十五公斤左右，長髮，骨架寬大結實，黑色風衣是一種可能的穿著，善氣擊，熟悉中國古老的內息武術，但從腳印的步距與深淺來看，殺胎人的肌肉力量也同樣驚人，進行三度空間運動時的切換速度不亞於頂級的皇室吸血鬼，直線奔跑絕對有百米八秒到七秒的實力，瞬間爆發力則未可知。

但殺胎人的殘忍似乎很有節制。

在殺害孕婦懷中的畸形兒之前，他沒有濫殺「非目標之外角色」的興致，這點顯示殺胎人具有典型的「儀式殺手」人格氣質，同時擁有高度的自信可以排除儀式之外的障礙，而不怕被警察查緝或身分敗露。

更重要的，殺胎人還會使用氣擊攻擊孕婦特殊的穴道，促使孕婦瞬間暈倒，並分泌大量的類嗎啡腺素，暫時阻斷中樞神經意志。

也就是說，他在撕開孕婦的肚子之前，孕婦是處於深度昏迷的狀態。

手法殘暴的殺胎人，居然頗有仁慈之處。

宮澤可不認爲先麻醉孕婦再撕開肚腹是這項「儀式」的必要成分，因爲全世界各項宗教儀式，都強調用「痛覺」感受神祕個體經驗的重要性，好在肉體痛苦之外逆向產生幻覺，以求接近神啓。

麻醉必是多餘的。對殺胎人來說，是額外的施恩。

「殺胎人到底是爲了什麼獵殺畸形兒呢？還是他正在創生另一個新宗教？在這個鬼才知道的新宗教裡，畸形兒是祭品，所以母體反而沒有必要使之痛苦？」宮澤摸摸下巴，持續三個小時的苦思，似乎讓他長了不少刺刺的短鬚。

每每宮澤全力以赴的時候，他的鬍渣就會劈劈啪啪冒出來。

宮澤凝視桌上的一些訪談記錄，背叛吸血鬼組織的寧靜王的背景資料與傳言都很豐富，也幫助他更了解吸血鬼在日本的勢力與組織。

第19話

寧靜王，本名中島建司，並非純種吸血鬼，但他勇猛絕倫、冷靜果敢，加上牙丸精兵大多於二次世界大戰入侵中國東北時遭到毀滅性的反屠殺，猛將一時耗乏，所以寧靜王在七十年前獲選加入牙丸禁衛軍，擔任地下皇城東門守將，達到他生涯最巔峰的階段。

然而日本吸血鬼的體系很僵硬，稀有的純種吸血鬼一方面藉由快速的「咬噬」增加後天吸血鬼以擴充戰力，一方面卻在意識形態上保持無可救藥的優越感，不斷打壓後天吸血鬼在體系內的發展。

所以無法進入皇族體系的後天吸血鬼時常與人類合作，共同經營賭場、擔任幫派老大的保鏢、甚至組織地下的吸血鬼幫派等等。

寧靜王也不例外，雖然他戰功赫赫，卻仍一直飽受牙丸直系的冷漠對待，終於有一天與皇族正式發生衝突，孤身一人殺了一小隊牙丸禁衛軍巡邏小隊後，無奈展開了爲期七年的藏匿、逃亡。

這七年中，有三位「叛徒清潔者」陸續搜尋到他、並交鋒，都反被他格殺。

「叛徒清潔者？以前倒沒有聽過。」宮澤心想，叛徒清潔者應該是吸血鬼組織的暗部或菁英，能夠反過來殺了追殺者，寧靜王應該是個很強的傢伙。

但他死了。

被殺胎人用壓倒性的重手法給殺了。

阿不思提供的鑑識報告中，顯示殺胎人先是將高速運動中的寧靜王雙腿脛骨迅速用足尖踢斷，而且是從小腿肚後踢斷，表示寧靜王一開始就打算逃跑，也就是說，殺胎人的實力高出寧靜王太多，依寧靜王的戰鬥經驗馬上判斷必須拔腿就跑。

然後是肩胛，整個被怪力折斷，並非氣擊。

緊接著是長達十七個小時的、接近凌遲的虐殺。

寧靜王的雙臂遭到怪力扳折，只剩下皮連骨，再來是大腿複雜性骨折，應該是軟氣擊造成的傷害。

最後才用強烈的氣擊將寧靜王的胸膛整個轟翻，肺臟爆破，頭顱扭曲。

阿不思認爲，殺胎人與寧靜王必有深仇大恨，所以建議從寧靜王的人際脈絡中探詢殺胎人的動機，甚至身分。依照鑑識，殺胎人是個慣用左手的殺手，這樣的範圍就更小了。

「不，不像是仇恨的凌虐。」宮澤篤定。

殺胎人之所以對寧靜王施以十七個小時的囚禁與攻擊，一定另有原因。

宮澤感覺到殺胎人是個行事乾脆的橫暴大漢，不可能花那麼久的時間做婆婆媽媽的虐殺。

怎麼說呢？以殺胎人對穴道原理的熟悉，想要一方面殺死畸形胎兒一方面顧全孕婦的生命，只要細心花時間必然可以做到，但殺胎人只是迅速痲痹孕婦，然後發狠將胎兒撕出。

有仁慈之心，但有做大事行大惡、「不拘小節」的覺悟。

何況，眞要虐殺，可以讓寧靜王零零碎碎地受盡折磨而死，但殺胎人只是凶暴地、相對爽快地斷折他的四肢。

「所以說，是刑求。」宮澤自言自語，似乎很滿意自己的推論：「殺胎人想要問出什麼？想要從寧靜王的口中問出什麼？」

一定要問寧靜王嗎？

還是只要是吸血鬼，都是殺胎人詢問的對象？寧靜王不過是碰巧倒楣，遇上了有個問題要問的殺胎人？

什麼問題要問吸血鬼？

還是，什麼問題要問寧靜王？

這個問題跟謀殺畸形胎兒有沒有關連？

不，一定有關連，但應該從何思考起？

「看樣子，殺胎人在執行什麼計畫。」宮澤閉上眼睛，腦中浮現出一個高大寬實的背影。

背影模糊，黑色大衣浸溶在慘暗的夜。

強壯，孤獨，霸道，一意孤行。

擺盪在善惡之間的臉孔。

「線索不足，如果連阿不思這頭資深吸血鬼也沒辦法聯想的話，這個地下世界也不是我所能透徹理解的。」宮澤的手指摳著下巴的鬍渣。

但話雖這麼說，宮澤卻隱隱認爲，只要殺胎人再犯案，再犯不同的案件的話……

「只要你繼續行動，我就可以知道你想做什麼。」宮澤自信滿滿，他的眼睛已經很久沒有綻放出這樣的光芒了。

書房光線昏昏沉沉，宮澤站了起來伸個懶腰。

眼睛瞥看著桌上寧靜王慘不忍睹的照片，宮澤彷彿可以看見他死前面對一個比他恐怖萬分的對手，霸道地坐在面前，不言不語，只是無聊地等待寧靜王將答案說出。

當時的寧靜王，是覺得很害怕呢？還是很不服氣？

就算是活了五十幾年的吸血鬼，也懂得恐懼的吧？

宮澤的思緒本想就此打住，因爲他內心抗拒著同情吸血鬼這件事。

但，宮澤腦中的對峙畫面卻沒有消失。

黑衣人，冷冷地看著雙腿俱斷的寧靜王，氣氛凝重。

黑衣人抓起了寧靜王的右臂，嘴巴慢慢張開，像是要問什麼。

要問什麼……

宮澤張開雙手，身子搖晃，不斷地想從嘴巴裡吐出一個似是而非的問句。

宮澤的影子在書房的黃色燈光下晃動，越來越急促。

黑衣人的眼睛沒有一絲同情，百分之百的堅定。

「皇城……」宮澤右手突然握緊，大叫：「皇城！是皇城！」

宮澤靈光乍現，大叫：「殺胎人！原來你想知道地下皇城在哪裡！要不然就是想知道地下皇城的配置！」

國破境絕（妲己）

命格：集體格＋修煉格

存活：兩千年

徵兆：在很短的期間內宿主將完全被妖邪化，影子會透露出妖化的底細，或九尾，或蛇身，或巨角。當宿主徹底妖化後，鄰近的生物將產生種種突變，或大瘟疫。

特質：乃是極有自主意識的命格，宿主僅僅是其奪舍蛹化的皮肉工具。極其可怕的妖化能量，足以令周遭人等喪心病狂，甚至產生諸多妖化的特徵。百妖來投，人間墮落，幾乎擁有否決天命格的能量。

進化：以邪成仙，或因邪毀滅。

第20話

烏拉拉躺在慘澹的月光下，赤裸裸，在寺廟的瓦片屋頂上沉思。
鐘聲隆隆響起，古銅色的音符震動不已。
烏拉拉的眼眶有一滴淚水，兀自堅強地凝結著。
有些回憶越是悲傷，就越是教人難以忘記。
難以忘記，回憶就會變成人的一部分，或竟變成人的所有。
某種力量交託給烏拉拉不得不爲的未來，一種稱之爲使命的東西。
未來渾沌不明，使命艱險沉重，本是男子漢應勇敢追尋闖蕩的目標。
然後誕生出一種，稱之爲英雄的非人類。

□

然而，烏拉拉卻很喜歡單純地看著月光，活在回憶裡。

他知道自己不是成為英雄的料子。

從前不是。

以後也不想。

「走開！」

每次烏拉拉想起這兩個字，眼淚就會在天真無邪的笑容裡打轉。

獵命師啊獵命師，天下數千奇命皆可自由運用，偏偏自己的命運不過是寥寥幾句話。

曾經真正掌握過什麼嗎？

「那也沒什麼。」烏拉拉笑道。

他反而不是那麼在意。大而化之卻是他最受責難之處。

一道黑色閃電穿越十幾叢大樹，枝葉沙沙作響，一眨眼，已經溜上寺廟屋頂。

白領黑貓，紳士。

「有發現嗎？」烏拉拉盤坐了起來，紳士點點頭。

「是凶命？」烏拉拉眼睛一亮。

紳士搖搖頭，但隨即瞇起眼睛表示嫌惡。

「這樣啊，那你覺得有沒有機會？」烏拉拉反而高興起來，紳士無奈不語。

「總之拜託了。」烏拉拉把右手放在紳士的額頭上，念念有詞：「『朝思暮想』，來吧！」

紳士緊閉眼睛，身上的黑色細毛登時豎了起來，一股暖流沿著貓的額心爬上了烏拉拉右掌，他原本空白皎潔的手心登時浮出幾條紫色的紋路，慢慢地扭動。

月光有如煮沸的開水，銀色的空氣開始膨脹、擾流，瓦礫啪嗟啪嗟微震，一股圓潤的氣自烏拉拉的身上暈開，充實而飽滿。

烏拉拉拍拍紳士的臉，笑著說：「謝啦！」看著自己手掌上的紫色漩渦。

「喵嗚──」紳士搔搔頭，一副我又能怎樣的無奈表情。

這奇命「朝思暮想」可無法在體質特殊的獵命師身上停留太久，於是烏拉拉深深吸了一口氣，咬破自己的手指，鮮血自指尖迸出。

烏拉拉將手指放在胸口，口中唱著鄧麗君的「月亮代表我的心」，奇異地，鮮血以飛奔的速度溢散開來，沿著黃色的皮膚幻化成一個又一個誇張的赭紅色文字，覆蓋住精赤的身子。

那赭紅色文字是中國古隸書，在月光下有如具有生命般在烏拉拉的肌肉上爬梭著、浮動著、低訴著。

「你問我愛你有多深，我愛你有幾分，你去看一看，你去想一想，月亮代表我的心……」密密麻麻紅色的字是這麼寫的，鄧麗君的歌詞困住了烏拉拉體內的朝思暮想。

烏拉拉雙掌合十，默默禱祝。

紳士像一團毛球滾上了烏拉拉的左手，烏拉拉輕輕抓住，縱身朝澀谷奔去。

第21話

「醫生，病人快不行了，要打強心針嗎？」

「糟糕，心電圖顯示心律不整，血壓偏低！」

「皮膚百分之九十，三級灼傷！」

「不行，傷患嚴重脫水，點滴快上！點滴！」

幾個醫護人員手忙腳亂，深夜的急診室正用盡所有的方法，搶救一個奇特的傷患。

澤村雄彥，現在全身正冒著白煙，與難聞的焦臭氣味。

「嗶！」一聲長鳴。

經過四十分鐘的緊急搶救，心電圖終於沒有反應。

所有的醫護人員面面相覷。

醫生拿下口罩，遺憾地宣佈：「遭到雷擊的傷者，經過搶救三十八分鐘無效，已經不治身亡，現在的時間，晚上十一點四十三分。」

「啊……咿……啊……」

此時，澤村卻痛苦地睜開眼睛，心電圖又開始嗶嗶嗶嗶地叫，醫護人員趕緊又慌又忙地繼續剛剛的急救動作。

過了五分鐘，澤村的血壓居然逐漸穩定下來，脫水的狀況也及時獲得改善。然後心電圖完全正常，留在澤村身上的，只有皮膚焦爛的無限痛楚。

「眞是奇蹟！看樣子我們救活一個稀奇的雷吻者呢！」醫生又驚又喜，隨手拿起澤村的病歷仔細一看，這才又嚇了一大跳。

澤村雄彥，三十一歲，身高一百六十一公分，體重五十五公斤。

遭到雷擊十一次，不明原因自焚八次，身上早有數不清的三度灼傷！

醫生嚇得說不出話來，這個叫澤村的傢伙……眞是……眞是個經常死裡逃生的「幸運兒」！

「醫生……我…我不想活了……我好痛……」澤村居然可以開口。

他的瞳孔快速收縮著，嘴角冒泡，意識渙散。

醫生搖搖頭，鼓舞著澤村：「別這麼想，你大難不死，一定會有好運氣在後頭的。」

但醫生的手卻兀自在顫抖。

這個怪人令他感到害怕。

澤村搖搖頭，不知哪來的力氣突然喊道：「快快殺了我！快快殺了我！我被惡魔附身了！連上帝都要打雷轟死我！啊啊啊啊啊……」聲音淒厲。

身體劇烈晃動的結果，是脆弱的焦黑皮膚重又裂開，滲出黃色的水液。

□

澤村的身世的確令人傷感。

自從十一年前在滂沱大雨中遭到雷擊後，他的命運從此崎嶇難捱，每次遇到下雨，不好的回憶就纏繞在澤村的腦海裡，讓他壓根兒就不敢出門。有一次，他好不容易克服心理障礙，鼓起勇氣撐傘到便利商店買杯麵吃，卻在短短的三分鐘路程中，於東京市中心遭到第二次雷擊，花了好幾個月才能勉強走下病床。

接下來，連無風無雨的時候，澤村走在稍微空曠一點的地方就有可能遭到無預兆悶雷的攻擊，將他一次次送進醫院，一次次在生死關頭徘徊。他好像變成了活動式的城市尖塔，隨時會吸引閃電的關照。

然而恐怖的命運還未結束。

有一次澤村剛剛從醫院出來，便在一家便利商店內全身著火，痛不欲生，隨即又被扛回了醫院急救，可怕的是，儘管皮膚都爛掉了，但命運之神卻始終選擇讓燒成焦炭的澤村活了下來，躺在病床上那幾天，澤村的肌肉組織增生的速度竟是一般值的五倍，原本乾涸萎縮的脂肪也膨脹起來。

後來，警方調出便利商店的監視錄影帶，竟無法發現澤村身上的火是從何而來，不抽菸的澤村，身上連打火機或是火柴盒都沒有放。

唯一的可能，只有人體自燃了。

自燃了五次。

除了第一次的突如其來，其餘的四次都是在澤村拿起刀子或是安眠藥，想要了結自己生命的時候，無名怪火便從澤村的指縫中冒出，瞬間延燒整個身體，那狂暴的痛苦令澤村求生不能，鎮日將心靈封鎖在扭曲殘破的身軀裡。

求死，只會招來更強大的痛苦。

「真是個可憐的人。」醫生嘆了口氣，將病歷闔上。

加護病房裡的澤村不斷大聲哭嚎，宛如在地獄裡遭到無盡的刑求。

第22話

一隻黃貓漫步在醫院的通廊中，引來護士與病人們的側目。

「是寵物嗎？還是野貓？門口的警衛怎麼讓牠進來？」護士嘖嘖抱怨。

但小黃貓長得十分有趣，額頭上過長的黃毛居然學人類中分，活像個貓上班族，模樣十分老成。

仔細一看，那中分的額毛好像是被人用髮膠硬噴開的。

護士蹲下來，想跟這隻故作老成的小黃貓打個招呼，但小黃貓不理不睬，只是抽動鼻子往前走，不知道尋找著什麼。

「找東西吃嗎？姊姊這裡也有餅乾喔。」護士逗笑，想起口袋裡有一包蔬菜餅乾，拿了一片出來。

叩叩……

一雙不尋常巨大的黑色蛇皮靴子，沉穩地在護士面前走過。

護士驚訝地抬起頭。

這個男人身材極爲細瘦，但用竹竿形容卻是太過貶抑，護士立刻聯想到建築工地裸露的鋼筋鐵條，那樣的剛硬才恰足以形容這個男人身上所散發出來的剛強氣質。

而且，這鋼筋似的男人好高好高，頭頂幾乎要撞上走廊的日光燈，大概只有三公分的差距吧，但巨大的男人卻沒有彎腰矮身，而是面無表情地踏步前進。

「好奇怪的人喔。」護士喃喃自語。

她注意到鋼筋似的長人一身緊繃的黑色勁衫，坦白說還眞是不搭稱，太瘦的人將自己包得這麼緊，只會顯得鬼氣森森、營養不良。

但護士沒有注意到，鋼筋長人露出黑衫的頸子上，依稀盤旋著朱紅色的古老文字。

□

加護病房前。

一男一女，一左一右。

「你們也來了，果然訓練有素啊。」鋼筋長人停了下來，小黃貓打了個呵欠。

鋼筋長人有個很貼切的名字。鎖木。

鎖木的聲音很有金鐵之鳴，卻不難聽，好像有顆鋼球在空心金屬柱裡，不斷迴轉摩擦出來的細密迴音。

「鎖木，光靠你一個人恐怕不行呢。」一個壯碩漢子的肩上停了一隻肥貓，張牙舞爪的。

壯漢穿著一身藍色牛仔衣褲，肩頭的僧帽肌高高隆起，比摔角選手還要誇張，臂力定是十分了得。

「難道靠你？」一個年輕女子嚼著口香糖，看著壯碩的漢子。

年輕女子手裡捧著一隻純白的小貓。她有著一張姣緻的臉龐，細長的眼，嘴角一顆若有似無的痣，淡淡的香水味，打扮十分入時。但女人神色間有股難以言喻的哀愁，並不如她亟欲表現出來的快樂。

三人說的都是純正的華語。

三人都彼此認識。

三人都擁有共同的目標。

□

「書恩，裡面是什麼？」鎖木問，眼睛凝視加護病房的門。

他只從加護病房不斷散發出的凶氣，判斷出裡頭必棲伏著某個窮凶極惡的厄命，但還不知道厄命的實際名稱。

女子說：「剛剛問了醫生。不斷遭到雷擊卻一次次活了下來，想自殺又會自己著火的怪東西。」她的名字叫書恩。

「剛剛通過儀式還在恍神啊？那怪東西叫做『不知火』，四百多歲的老妖怪可凶得很，妳說不定抓它不住。」壯漢回嘴。

壯漢倒有個秀氣的名字，叫小樓。

書恩突然情緒失控，大叫：「我當然辦得到，不然我爲什麼會站在這裡！」

異國語言的尖叫聲，引來加護病房外所有人的側目，一個實習醫生碰巧走過，眼睛直瞪著書恩。

鎖木跟小樓同時一愣，隨即有默契地閉上嘴巴。

剛剛通過儀式的獵命師，怎麼可能立刻走出咒縛的陰霾？書恩兀自喘伏著，竭力平復情緒。

許久，小樓才打破沉默。

「我剛剛從北京出來，大長老有吩咐，要我們無論如何都要逮住他，死活不論。」小樓說。

既然是大長老直接下達的命令，那就是無論如何都要辦到的頂級任務。

鎖木凝重道：「活的我逮不了。直接處死他吧。反正拎他到長老面前，還是非得處死不可。」

見兩人沒有反應，鎖木繼續道：「已經有幾個人正在來東京的路上，但及時找到『不知火』的還只有我們，等一下手底莫要留情。但如果還是不行的話，我不介意逃走，等所有人都到齊後再圍他不遲。」

小樓不置可否。小樓與鎖木相識已久，他知道鎖木看起來人高腦笨，其實事事盤算精細，最善於分析時勢，現在看鎖木扮縮頭烏龜，不禁有些瞧他不起。

「等著看吧，謠言是用嘴巴捏出來的，就算傳言是眞，三個打一個，加上三隻貓，難道還有輸的可能？」小樓的笑容很僵硬，他其實不習慣笑。

而且，他也快笑不出來了。

三隻貓同時叫出聲，然後從主人的身上跑開，神經兮兮地東張西望。

書恩雖然甫通過獵命師的儀式考驗、經歷尙淺，但她也感覺到一股莫可名狀的凶霸之氣從醫院樓下狂奔而上。

「有這種命嗎？比不知火還要變態！」書恩的雙腳竟有些發軟，在腳底樓層狂奔的凶氣好像要把她直接吹倒。

「是嗎？」鎖木瞇起眼睛，走廊彷彿震動起來，樓下也傳出驚叫聲。

鎖木細長剛硬的雙手張開，像巨大的螳螂鐮臂。

鎖木高昂的戰意，連一旁的小樓與書恩都明顯感覺得到。

是「無懼」。

小樓大喝一聲，擺出八極拳的起手式，肌肉膨脹，無限精力在體內運轉著。

是「岩打」。

書恩卻靠著牆壁，額上都是冷汗。

「書恩！妳在做什麼！」鎖木大叫。

狂暴的凶氣已經上樓了！

「我的是『信牢』，沒……沒有用了……」書恩臉色蒼白，她感覺到手掌開始冰冷。

碰！

碰！

碰！

一道模糊的黑影轉過走廊，橫衝直撞，朝三個守株待兔的獵命師奔來！

黑色的眼睛，黑色的臉孔，黑色的大吼聲！

怪物！小樓心裡打了個冷顫。

「書恩快逃！」小樓大叫，跟鎖木同時衝上前。

不愧是相交多年的老戰友，兩人看似齊頭並進，卻在與黑影接觸前即時一分爲二，從左右豁力夾擊。

「哈！」狂暴的黑影大笑，左手往前一震，一股無形巨力凌空撞上鎖木的螳螂臂，阻得鎖木氣息一窒。

幾乎在同一瞬間，小樓卻不知被什麼樣的古怪招式擊中胸膛，整個人往天花板一撞，無數石灰飛屑隨之落下。

鎖木眉頭一皺，在瞬間已與黑影交了十幾手，也在瞬間後退了十幾步。

令耳膜快要承受不了的悶聲連響在長廊催爆。

鎖木終於跪下，地上的鮮血一滴滴，塗開十幾公尺。

咚！小樓這才落下，掙扎著爬起，胸口煩噁。

「你是怪物。」鎖木也沒有不服氣，那血是從嘴角與鼻子滲透出來，因爲內息翻湧卻不斷往上催功的惡果。兩條臂膀軟趴趴地垂在地上，寸骨寸折。

鎖木發現，那黑影就算近距離地盯著他看，他的臉孔居然也是模糊不清，好像原本是用炭筆素描的臉，卻被手指胡亂在紙上抹開。

凶氣已經奪走了鎖木的身心，他身上的奇命「無懼」已經失效，或者應當說，完全被震懾住了。

「沒錯，我是怪物。」黑影大笑，拍拍貼著牆壁不敢動彈的書恩的臉，說：「臭小娘，妳是通過考驗才站在這裡的吧？妳這麼軟弱要怎麼當他媽的獵、命、師！拿出妳應該有的狠勁啊！」

黑影大笑，大手抓著書恩的頭，竟將她狠狠扔擲到走廊盡頭。

此時走廊兩端早已擠滿了圍觀的民眾，被扔出的書恩將十幾個人撞倒，群眾裡又是尖叫聲不斷。

「別站起來！」黑影看見鎖木跟小樓都想要站起，原本正大笑的他突然暴躁異常，一掌將加護病房的鋼門震裂，大聲警告。

鎖木跟小樓只好尷尬地坐著，看著黑影抓起破裂的鋼門往兩旁一丟，走進加護病房。

□

澤村的哀叫聲很恐怖，或許魔鬼附身都沒有他這般痛苦吧。

「我想死啊……想死啊……勾魂使者……閻王……帶我走啊……」澤村意識不清地看著病床旁的模糊黑影，以爲他是地獄來的索命差役。

「我知道。」黑影突然靜默了一下，慢慢說：「下輩子你會過得更好。」

黑影左手高高舉起，嘴巴張得很大。

那嘴大張的程度絕對超越了人類顎骨與肌肉活動的限制，就像蛇一樣。

不知火

命格：天命格

存活：五百年

徵兆：屢屢被爐火燒傷，進而不斷被閃電擊中，甚至產生無法解釋的人體自燃。

特質：吸引火焰上身毀滅宿主又重生，過程中吞噬宿主的恐懼成長，力量越強大吸引到的火焰越是兇猛。

進化：千里火

第23話

依舊是藍圖咖啡店。

「你的意思是，這殺胎人想要找出我們血族的皇城？」

阿不思蹺著腿，爲坐在對面的宮澤斟了一杯水果茶。

面對一臉正經的宮澤，阿不思的臉上一直掛著笑容。

但不是鄙夷的那種笑，也不是獵食者玩弄食物的那種笑。

「八九不離十，如果再多讓我了解你們吸血鬼的祕密，我就可以將這個猜測堆砌成百分之百的事實，或完全推翻它。」宮澤直說。

他對吸血鬼從來只有憎厭的情緒，但對於吸血鬼的種種祕密，包括爲何能夠控制一整個國家，他感到強烈的好奇。

「宮澤先生，如果你想要了解血族的祕密，最好跟唯一的方式，就是成爲我們。但我想你對這個提議並不感興趣。」阿不思笑笑。

阿不思笑得很親切，讓宮澤無法將她的笑容往具有敵意的方向去想。這點連宮澤自己也覺得很奇妙。

阿不思看著窗外，一道白色閃電從夜空劈落，東京鐵塔被照得閃閃發亮。

「日本，一個沒有吸血鬼獵人的國度。尤其是東京，這二十年已完全不見獵人蹤影。」阿不思慢慢喝著熱水果茶，說：「我不認爲有誰想闖進皇城。」

宮澤不置可否，他的直覺的確嚴重缺乏證據，且殺胎人爲何殺胎、與殺掉寧靜王兩件事看似沒有關連。

「或許有勇敢的鬥士，打算用大卡車載一枚核彈衝進地下皇城，讓吸血鬼連同整個東京一起陷入萬劫不復的火海。」宮澤冷笑。

今晚他的言談可囂張了，畢竟咖啡店中坐在他對面的只有妖嬈的阿不思，沒有那位殺氣騰騰、其心似鐵的禁衛軍隊長。

阿不思的脾氣總是很好，至少表面如此。這讓宮澤的負面情緒得以宣洩。

「你知道我們爲什麼找上你協助調查嗎？」阿不思蹺起腿。

即使她的腿並非裸露，而是緊緊包在赭紅色皮褲裡，但那曲線在繃緊的紅色皮質下依舊完美呈現，有一種野性、獨立的律動美感。

「想像力。」宮澤並不意外：「推理能力可以經由嚴格的訓練得來，但想像力卻是一種天賦。吸血鬼的案件如果只用常理去推理，一定會有常理之外的疏漏，所以需要靠想像力、靈感等等不穩定的質素去塡補。」

阿不思輕輕拍手。

「我從來不知道，男人在大言不慚時竟能這麼可愛。」阿不思輕笑。

「我也沒見過誇獎食物的吸血鬼。」宮澤冷淡回敬。

阿不思笑得更開心了。

「如果眞如你所說的就好了，這樣事情便簡單得多。皇城以前曾被比核彈更可怕十倍的力量侵入，結果如你所見。」阿不思似乎完全不擔心皇城的安危，反像是故意鬆了一口氣，道：「只要他形跡暴露，很快地，殺胎人就會跟那些獵人一樣，被埋在皇城永恆的幽冥裡。」

阿不思的表情似乎相當無所謂，彷彿處理殺胎人是一項例行公事、不得不爲罷了。

事實上也的確如此。阿不思跟其他同類最大的差異，乃是她懂得享受生活，眞誠樂在其中。

宮澤正想反唇相譏幾句，然而阿不思的傳呼機喀喀震動。

阿不思面無表情地看了傳呼機上的字句，吐吐舌：「你眞是個冤家，每次跟你約會都會發生掃興的事。」

宮澤想問是什麼掃興的事，話到嘴邊又硬是忍住，只好裝作對漂浮在水果茶上的果渣有點興趣，手指輕輕攪動茶水。

「想看嗎？你這個人似乎相當喜歡壓抑。」阿不思笑笑，將傳呼機擺在宮澤面前，完全看穿了他的心思。

「澀谷天主教綜合醫院血庫遭不明人士侵襲，敵人約在五人以內，狀況不明，請求支援。」宮澤默念。

「你眞可愛，說不定眞有一票不知死活的獵人擠在東京裡。期待下次的約會囉。」阿不思笑笑，站了起來。

阿不思將捲成筒狀的帳單放到宮澤面前：「紳士買單。」

宮澤看著阿不思的背影離去，很懷疑怎麼會有這麼愛逗弄食物的吸血鬼。

第24話

醫院。

澤村兩眼直瞪天花板，胸口深深凹陷，斷裂的肋骨零零落落散在病床下，血水飛濺了整個房間。

但澤村在笑。

至少，再沒有任何落雷能夠傷害他了。

一團模糊的黑影站在澤村前，身上發出濃烈的焦味，還有迴盪在殘破肉體裡的尖聲嚎叫，宛若囚禁在地獄裡的痛苦靈魂。

黑影的雙眼幾乎要冒出青色火焰，左手迅速在身上疾馳奔走，一連封住十幾個穴道、兼又衝開十幾個穴道，手指轉眼間來來回回，黑影終於強力忍住想要滾在地上大吼的痛苦、還有膨脹到快要爆炸的身軀。

終於，黑影跪坐在地上，黑色的氣息急速聚斂、渙散，不同的痛苦反覆交替著。

「趁現在？」小樓單膝跪在地上，從加護病房外盯著黑影。

「半分鐘內決勝負，如果不能，毫不猶豫逃走。」鎖木深深吸了一口氣，全身肌肉用硬氣功緊緊紮住。

儘管身受重傷，但鎖木與小樓都是新生一代獵命師中備受矚目的高手，當命運悄悄晃動傾斜、綻露分毫機會時，都是再決勝負的新契機。

「上！」

兩人衝進加護病房，趁著黑影還在與甫被吞噬的「不知火」搏鬥，一左一右攻擊正在強力調節能量的黑影。

「不是叫你們躺在地上不要動嗎！」黑影暴怒，顧不得凶命不知火的生命能量正在體內炸開，兩手兀自與左右兩強拆招對轟，居然不肯逃走。

鎖木雙臂寸折，但他的雙腳猶如鐵桿霸道地揮動，力道更強猛，小樓再不敢低估黑影，以綿密飛快的八極拳跟黑影纏鬥起來。

兩強猛攻之下，讓幾乎鎮壓不住體內不知火的黑影挨了不少硬拳硬腳，眼看眞有機會活逮黑影。

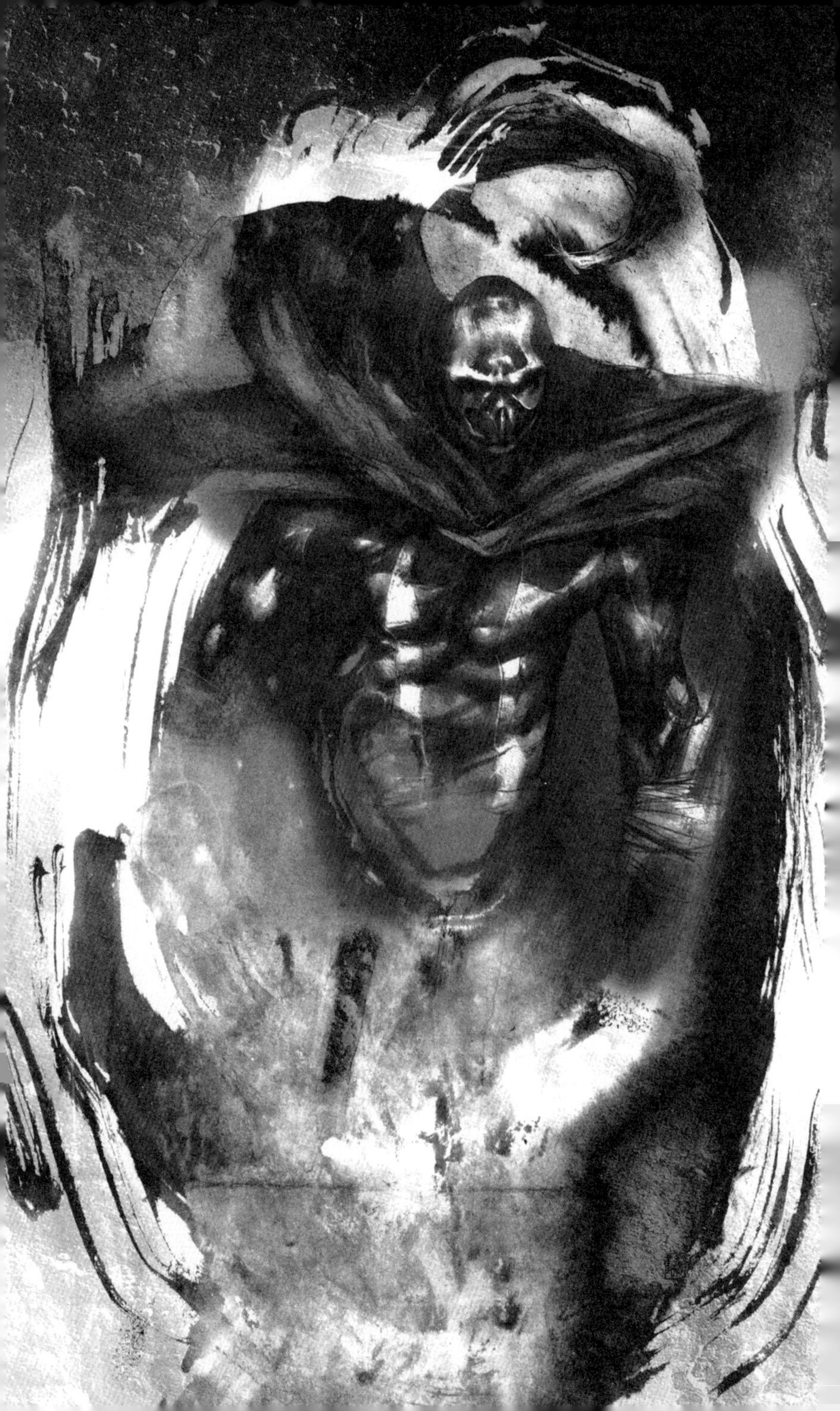

「他的右手沒有手掌，我剛剛竟沒有發現。傳言果然是眞的。」鎖木心道，腳下的力量不停。

「混帳！眞的要把命送在這裡就成全你！」黑影大怒，臉上七孔爆出淡淡的火焰，眞氣疾走，左手突然黏住小樓的掌心。

小樓一驚，他感到手掌燙得不得了，好像有滾滾岩漿直竄進他的骨頭似的，想要縮手，黑影的手掌卻緊緊將其黏住。

黑影大喝一聲，小樓如火攻心，痛得跪下，渾身都使不上力。

鎖木卻趁機瞄準黑影的頭顱一腳高高地「踵落」擊下！

「把我看扁了！」黑影黏住小樓的手掌急拉，將小樓甩向鎖木，鎖木被飛擲的小樓撞開，黑影卻飛躍在半空中，一掌朝鎖木的頂門凌空拍下。

一股氣柱撞上鎖木頭頂密穴，鎖木悶吭一聲，全身神經束登時痲痹。

但黑影自己也倒下。

「呼……呼……」黑影很艱辛地喘息，匍坐在地上。

剛剛他暫時停下與凶惡無比的不知火對抗、又不肯逃走，導致不知火在他體內瘋狂大鬧，幾乎要裂開他的下腹。

黑影看著無法動彈的小樓與鎖木，額上的汗不斷蒸冒著。

第25話

此時醫院裡裡外外卻是一片惶亂，幾個穿著綠色手術服的「醫生」在走廊將遠遠圍觀的民眾驅散，警衛也匆匆跟來幫忙，氣氛越形詭異。

然而，不一會整層樓都清空的時候，幾名「醫生」卻留了下來，摘掉口罩、拿去頭套，露出白森森的獠牙，準備替這棟醫院動場大手術。

「十年了，居然有人敢打東京血庫的主意？」其中一名醫生說道，遠遠聽著加護病房內的打鬥聲。

「也好，守醫院血庫特無聊，一直以來都缺乏升遷的機會，我們就逮幾隻小蟲回去建功吧。」另一名醫生冷笑，玩弄著手上的手術刀。

「當場作成標本如何？」一個醫生拿著手術刀，輕輕刮著鬢角。

幾名吸血鬼醫生正笑得開心，卻聽見背後傳來一陣穩定的腳步聲，以及濃郁的香水味。

醫生們回頭，一個大約二十初歲的女孩正把頭髮高高盤起。

女孩的嘴角掛了彩，卻是一副準備打架的凶狠模樣。

「獵人？」爲首的吸血鬼醫生笑了出來。

「獵吸血鬼。」書恩以生硬的日語回答。

她對剛剛的失利感到惱羞成怒，眼前恰巧擺著一場好架。

誰處決誰，一分鐘內就會知道。

無懼

命格：情緒格

存活：一百五十年

徵兆：三分線外零秒出手進算加罰的球員，九局下半兩好三壞下逆轉的再見安打。

特質：面對突發狀況亦能保持異常的冷靜，對力量的使用近乎精密的計算，適合以智慧作戰的統合者。

進化：風雲變色，天衣無縫，羽扇綸巾，千軍萬馬等

第26話

阿不思坐在紅色跑車上恣意奔馳，後面還跟著幾輛黑色摩托車，都是禁城護衛隊的一流牙丸嫡系高手。

「眞麻煩，爲什麼首都的任何事都可以跟特件組扯上關係，不過是一個血庫罷了，害我的約會又泡湯了。」阿不思喃喃自語。

她的駕駛技術其實不好，在心情不好時又愛逞快，一個不留神，接連撞倒了好幾個急著過馬路的行人，其中一個小孩還被撞得飛起來、大概飛了十幾公尺，將跑車的前檔都給撞歪了。

「對不起囉。」阿不思吐吐舌頭，在兩分鐘內越過十二條街，迅速殺到醫院前。

警察已經將黃色的塑膠封線拉開。

傳呼機又響了。

「敵人很強，緊急狀況。」

阿不思笑得前俯後仰，這句話實在太好笑了，醫院裡的血庫守衛都是白養的。直到幾台摩托車都抵達、騎士摘下安全帽的時候，她才勉強止住大笑。

「很強的敵人，不可以太大意喔。」阿不思笑著擦口紅，口氣嘲諷。

阿不思領著眾禁軍跨過封鎖線，進入血幕重重的醫院。

□

書恩看著滿地的吸血鬼屍體。只用了二十六秒。

然而她一直不敢踏進加護病房一步，因爲她嗅到了比死亡還要讓人懼怕的味道，令她無法克服的「懸殊的暴力」。

三頭靈貓不安地在走廊走來走去，踏著吸血鬼醫生屍體滲出的血，留下可愛的紅爪印。

書恩感覺到鎖木跟小樓的氣息很微弱，但研判他們只是受到了強制閉穴之類的招式，暫時並沒有危險。

或許那黑影並沒有殺死他們的企圖？要不，黑影大可以重手殺死他們。

書恩屏息觀氣，察覺那團令人懼怕的凶焰黑影正以驚人的力量強行融化不知火，那股邪惡的魄力讓她即使蹲著也不由自主地顫抖。

「不行，再這樣下去我會失去『信牢』的……」書恩看著有些冰冷的掌紋，心中頗爲擔憂。

類似「信牢」這種與「機率」息息相關的奇命，承載的主人必須用強大的信心才能爲自己帶來好運氣，進而大幅提升招式的命中率。

然而書恩已經兩次無法面對黑影，「信牢」的力量正在衰弱。

此時，十多名醫院警衛踩著滑石子地板從走廊的另一端快速出現，書恩嚴格的空氣感應訓練告訴她，那些藍色制服底下的皮膚只有約莫二十幾度的體溫，還有火藥與金屬的氣味。

三隻靈貓迅速躲到垃圾桶後。

書恩眯起眼睛，深深吸了一口氣，「信宇」再度發燙。

「侵入者領死！」吸血鬼警衛們舉起手槍，一邊往前衝一邊朝書恩不斷開槍。

子彈呼嘯而來，彈殼叮叮墜地，書恩一手抄起地上染血的手術刀，一手迅捷架起地上的屍體擋住子彈，喃喃自語：「百發百中！百發百中！」撐起屍體往警衛猛拋，手術刀嗚嗚飛射而出！

訓練有素的警衛中了手術刀卻沒有倒下，已經來到書恩身邊！

「中！」書恩心境澄明並不氣餒，兩手騰飛，握住刺進兩名警衛身軀的手術刀往下一帶，腸子炸出，警衛悶聲跪倒，但書恩也被其他警衛的膝擊轟得眼冒金星。

書恩大口吸氣，凝神與圍住他的五個吸血鬼警衛近身打在一塊。

這些警衛都是自皇城退下的牙丸武士，既然被調來看守重要的血庫，可不能以一般逞凶鬥狠的吸血鬼視之，不只單打獨鬥沒有問題，團體合作更能發揮出加乘以上的力量。

這些警衛出手的狠勁與精確，自遠遠在那些實習吸血鬼醫生之上，每一拳都足以貫穿牆壁。

「可惡。」甫升上獵命師的書恩全力以赴竟還招架不住，肋骨與頰骨都已啞啞裂開，書恩的身軀正與她的自信一起垮掉。

警衛一記肘擊砸在書恩的肩膀，她幾乎要昏厥。

「乾脆把他們丟給黑影解決！」書恩這一動念，卻找不到機會從五雙剛猛的拳頭中脫身，硬擋住拳頭的臂骨也裂開了。

「流氓警察接著！」

一根日光燈管飛擲過來。

一名警衛側身閃開，書恩把握機會鑽了出來，全身已是傷痕累累。

日光燈在牆上碎開，警衛根本不看插手的人是誰，反應神速地一湧而上。

插手者，當然是烏拉拉。

「好凶！」烏拉拉吐吐舌頭，正準備出手時，心頭一凜。

他感覺到十步之遙的加護病房內有股近乎妖怪的力量壓迫著整個空間，這股力量霸道無方，且極爲熟悉。

烏拉拉愣了一下，不禁脫口而出：「哥！」

書恩瞪了烏拉拉一眼，一聲巨響，加護病房裡的壓迫感倏然消失。

五個警衛凶神惡煞似地散開，瞬間就將烏拉拉與書恩包圍住。

烏拉拉根本無心戀棧，隨便格開來到眼前的拳頭，就輕易閃繞過五名警衛，大吼：「哥！等等我！」渾不理會再度被吸血鬼警衛包圍住的書恩，飛快跨進加護病房。

加護病房的病床躺著遭開膛剖肚的澤村，牆壁陷破了一個大洞，冷澀的夜風不斷從大洞灌入，沖淡了房間裡殘留的惡臭。

烏拉拉怔怔流下眼淚。

他並非永遠都追不上他，而是「另一個人」似乎永遠都不想讓他追到。

這點讓他很難過，很虛弱，鼻腔裡灌滿了傷心的酸味。

烏拉拉低頭看著倒在牆角的兩名獵命師，細瘦的鎖木大字形躺著，眼睛連眨動的力量都沒有，壯碩的小樓亂七八糟蜷在鎖木身上，左手死命抓住右手臂上的太淵穴，滿臉通紅。

烏拉拉蹲下，伸手將兩人被封住的穴道給解開，說：「你們這些老字號老招牌的老前輩應該知道，要過一個時辰才可以完全恢復力量，但憑你們現在的狀態，還是可以幫外面的笨女孩解決麻煩。我先走了，你們也不要久留，東京的醫院無論如何都不是打架的好地方，搞到要躺在地上、聽一個討人厭的後生小輩囉囉唆唆豈不很丟臉？你看，還被捏臉。」

說著說著，烏拉拉眞的捏了尷尬的鎖木與小樓的臉幾下，但烏拉拉卻沒有一絲開玩笑的表情，反而紅著眼睛、鼻涕都滴泫在兩人身上。

鎖木掙扎著，與小樓坐了起來。

烏拉拉凝神看著小樓烏黑的手，說：「他本有機會殺了你的，這點你應該清楚。希望你下次看見我哥的時候，能夠將這件事放在心上。」

小樓瞪著烏拉拉，不發一語。

黑影點穴的手法極重，即使烏拉拉幫他們解開穴道，但內息還在奔騰翻湧、無法即刻平復。

匡！

牆壁發出慘烈的撞擊聲，依稀可以從房間裡搖晃的點滴瓶後，看見初生的裂縫。

「去忙吧，小心一點。」烏拉拉扶起兩獵命師，拍拍兩人的背脊，兩道珍貴的真氣迅速過嫁。

鎖木與小樓猛然站起，烏拉拉已經從大破洞跳下樓，無影無蹤。

兩人的貓也走了進來，一隻瞇起眼睛好像在笑，一隻乾脆別過頭去、不忍卒睹似地。

小樓滿腔不忿，與鎖木走出凌亂血腥的加護病房，在走廊上看著書恩被五個吸血鬼警衛圍困、只能竭力防禦周身要害的狼狽模樣。

「真是倒楣到家了！」小樓的額頭上冒出青筋，右手又痛了起來。

五名警衛停下手，漠然看著兩人，其中兩個吸血鬼毫不在乎地拔出插在肩上的手術刀。

書恩已經跪倒，嘴裡吐出鮮血，兩隻手都僵痛到沒辦法自行放下。

「看樣子是牙丸武士的身手，東京的素質果然不同凡響。」鎖木的心情很平靜，對他來說，剛剛接連兩次的死裡逃生，可是相當值得慶賀的事。

前。

小樓大喝：「還說什麼！今天背透了，正好宰了他們洩恨！」掄起左拳與鎖木衝上

五名警衛躍上走廊四壁疾走，吸血鬼最擅長的三度空間全戰法！

「哼。」鎖木也悶透了，左腿往地上一撐，右腿如鋼樑橫掃，一個警衛立臂硬接，

卻見他被這一腿的巨力擊飛。

小樓左掌連削帶劈，在瞬間已削斷兩名警衛的頸椎神經，極有效率。

再回看鎖木，一個簡單的頭搥硬碰硬將第四名警衛砸得腦漿迸裂，而最後一個警衛

也被好不容易喘口氣的書恩撕開了下腹，地上湯湯水水。

首當其衝被鎖木擊飛的警衛，困頓地倒在遠處，顫抖地用對講機警告總部。

「該走了。」鎖木說，小樓揹起書恩。

第27話

電梯門打開的時候，阿不思只看到滿地的屍體。
實習醫生的，警衛的，還有一具焦黑的病屍。
大約來遲了十秒，阿不思估計。敵人方才戰鬥的氣味還很濃郁。
但所謂的敵人，其企圖根本就不在血庫，這點再明顯不過。
血庫與這裡差了七個樓層，這也就是爲何動亂發生，警衛卻晚來許久的原因，也不見有敵人聲東擊西的策略。
既然如此，敵人的動機究竟是？
「副隊長，要追嗎？」
一名幹練的牙丸武士抽動鼻子，有些笑意。
與其說東京都的牙丸武士特別嗜血，不如說能讓他們嗜血的機會少之又少，一有機會，他們都迫不及待變成野獸。

這是戰士的本性。

阿不思粗略看了一下走廊與病房，依現場殘留的血跡溫度與氣味判斷，敵人受了重傷，大約是三到五人，有些血跡甚至是敵人內部打鬥所留下。敵人也許不只一隊人馬，抑或發生內鬨。

但這些暫時定義爲敵人的傢伙，絕不是吸血鬼獵人，因爲毫無討厭的銀毒殘留氣味，地上的屍體全都是被武力硬殺。

好的吸血鬼獵人絕不會錯過任何使用銀的機會，效率高過於一切。

「我追就行了。」阿不思走到加護病房牆上的裂洞邊緣，往下察看。

夠膽往下逃走，一定是底子很硬的傢伙。

如果不是吸血鬼獵人，哪來這麼強、又這麼無聊惹上吸血鬼的人類？

會是誰？來東京做什麼？會待多久？什麼時候走？

「你們拍照完將現場清理乾淨，一小時內重新開放給人類，然後將監視器的錄像拿走。照片跟錄像備份寄給宮澤警官，附註這次的照片情境背景跟可疑的動機分析，還有，用紅筆附註我很想他，期待下一次約會。」阿不思交代。

「是。」幾名黑皮衣勁裝的牙丸武士躬身領命。
阿不思躍下，腳踏著垂直的醫院外壁滑落。

第28話

行動失敗又慘遭羞辱的夜。

小樓揹著昏迷的書恩急奔，每一步都充滿了鬱悶。

鎖木雖然雙手斷了十幾處，但邁開的步伐卻十分穩健。

他心中一直反覆播放在加護病房中的打鬥畫面，思考著如果重來一遍，自己與小樓是否有任何可能在黑影並無留手的情況下逃走。

漸漸地，汗濕了背脊。

兩人彎進街角小弄稍作停留，這裡只有失意的醉漢跟拾荒客，漆黑又污濁的酒氣，還有從附近三流酒吧幾經折射過來的一點霓虹光影。

一個空酒瓶叩叩在地上轉著，還有被灌醉的酒家女扶著牆壁的嘔吐聲。

「後面好像有人跟蹤？」書恩突然睜開眼睛，迷迷糊糊地說。

鎖木與小樓心中一凜，還沉浸在戰敗氣氛中的兩人，根本沒有注意到背後有雙靜悄悄的眼睛。

腳步停止。

後面的無聲凝視也停止。

「不知道有沒有敵意，要跟他打聲招呼嗎？」小樓想藉氣息流動觀察跟蹤者的實力與意圖，但被凝視感竟完全消失，方圓二十公尺內並沒有任何吸血鬼，好像剛剛只是一晃而過的錯覺。

小樓心想，如果沒叫靈貓先去集合的話，牠們應該能夠確認目前的情勢。

「如果你不介意一個晚上連打三次敗仗的話。」鎖木很清楚自己現在的狀態不佳，他已經將心態重新調整。

敵人高明的追蹤術，多多少少也透露出危險的資訊。

小樓還沒反唇相譏，一個甜美高眺的身影慢慢走出巷子，高跟鞋的聲音叩叩作響。

「你們好，請問你們這些人到東京的目的是什麼？」甜美的身影開口。

是阿不思，親切的聲音宛若東京觀光大使，似乎沒有敵意。

獵命師們看著這位身穿紅色皮衣、笑得花枝招展的吸血鬼，有些訝異。

阿不思如果一直保持跟蹤的狀態，深受重傷的他們自忖無法用武力迫使她現身，如此一來，在無力解除的「跟蹤／擺脫不了／持續監視」下，他們只好在東京都內遊蕩，根本到不了集合的地點跟大家會合。

更確定的是，極度緊繃的情緒將不斷壓迫、擾亂他們，甚至讓他們在關鍵時刻做出錯誤的決策，這點他們知道，阿不思也知道。

所以，這個情勢代表兩個可能的答案。

答案一，眼前這名主動現身的女吸血鬼實力不強，只是跟蹤術高明罷了，爲了避免無謂的戰鬥，這女吸血鬼心想不如由她開啓溝通，如此方能和平地帶些資訊回去。

答案二，眼前這名主動現身的女吸血鬼實力很強，有把握在現身後繼續給予不下追蹤時的壓迫感，或者根本就是想展現可觀的實力，或許乾脆開啓戰爭，或許僅是想更快速取得資訊。

「我們不會回答吸血鬼的問題。」小樓說著一口流利的日語，伸手拍拍肩膀上的書恩。這個動作示意書恩在戰鬥開始的瞬間，務必做出該有的反應。

「你們好像不是獵人？」阿不思沒有被小樓的冷峻影響，依舊微笑。

「如果妳不介意，我們也可以變成獵人。」小樓恐嚇著。

他已不是第一次來到東京，什麼「東京沒有吸血鬼獵人」這狗屁不通的傳說，他根本就當成笑話。

阿不思的微笑硬生生凝結了。

書恩打了個冷顫，她感覺到自己牢牢抱著的小樓背部，瞬間湧出大量濕冷的汗漿。

尚在十公尺外的阿不思慢慢踏出一步，這小小一步卻讓三人有種阿不思已經來到眼前、快要碰到鼻子的恐怖錯覺。

小樓的心臟幾乎要立刻停止跳動，他從來沒有這麼害怕過。害怕到完全不知道該有什麼反應。

阿不思第二步微微抬起，即將落下。

氣氛凝滯到最極端，危險的關鍵時刻。

「我們不是獵人。」鎖木用生疏的日語果斷開口。

他在阿不思那一步的短暫時間中清楚知道，即使他雙手沒有受傷、小樓左手無恙、書恩信心未失，合三人之力最多恰恰打成平手。

但最有可能的情況，是一面倒被屠殺。

「那就好。」阿不思的笑容再度綻放，像是鬆了一口氣：「這麼說，醫院那檔事純粹是誤會囉？」

小樓看著鎖木，同樣等待他的回答，神經緊繃依舊。

「希望是，我們根本沒打算跟你們動武，是你們先展開攻擊。」鎖木沉著地說：「我們對血庫沒興趣。」

「的確沒有感興趣的理由，炸掉一、兩個血庫根本沒什麼影響，整個東京都是我們的提血機。」阿不思點點頭表示相信。

小樓勉強得到一個呼吸的紓解。

阿不思又問：「你們既然不是獵人，那是什麼？你們知道我們的存在，又是武功高強的人，所以請原諒我的好奇。」

「很抱歉，我們不能回答妳這個問題。」鎖木委婉拒絕，但又附帶說：「不過我們來東京的目的，保證不會對你們產生威脅，除非你們自討沒趣。有些衝突是可以避免的。」

阿不思失笑。

「如果你們不想回這個問題，那麼請留下一個人讓我帶走，我好回去有個交代，如果你們怕我會拷打那個人問出些什麼祕密，那麼，留下屍體也行。然後，在三天之內辦完你們要辦的事，立刻離開東京。」阿不思用撒嬌似的口吻提議：「我是個明理的人，大家各退一步。」

鎖木皺著眉頭，小樓一副快要爆發的模樣，書恩則聽見了自己嘴裡牙齒的顫抖聲。

「恕難從命，儘管妳的提議並不過份，但如果妳堅持，那就只有一戰了。」鎖木深深吸了一口氣，運起獵命師極耗真元的療傷密法，讓一股剛猛的氣息傳導至兩臂，將十幾處斷骨暫時接續起來，雙拳緊握。

方才對「黑影」都沒用上這招，顯然鎖木對眼前的吸血鬼評價更高。或者，鎖木下意識裡對「戰敗」與「被殺」做了不同的註解。

「沒錯，我們是不會拋棄同伴的。如果妳認爲這場戰鬥是一面倒的話，妳會付出慘痛的代價。」小樓將書恩放下，拱起身子。八極拳的起手式。

阿不思搖搖頭，帶著遺憾的笑容說：「眞是一群蠻不講理的人。」但沒有要動手的意思。

她的表情之無奈，就像看著一群頑皮的小孩。

「我必須提醒妳，我們的確是一個團體，而此時此刻我們的位置距離所有人集合的地點只有兩條街距離，而妳不可能一次狙殺我們三人，但只要我們其中一個跑到……」鎖木在戰鬥前做出最後的分析，試圖恐嚇敵人。

「我知道，只要你們中的一個跑到那裡，我就倒大楣了。我感覺到了啊，那裡大概還有五個人吧，好像都很厲害。」阿不思微笑打斷鎖木的分析，說：「不過我的算盤跟你不太一樣，如果你不合作，我就先殺了你們兩個，然後將那女孩的脊椎骨打斷，帶回去慢慢拷問。整個過程不到五秒，不會讓你跑太遠的。」

不只鎖木，連不肯在言語上退讓半步的小樓都很吃驚。

眼前的女吸血鬼極爲可怕，居然用「感覺」的就知道還有五個奉命前來巡捕「黑影」的獵命師在兩條街之外的地方等待三人前去集合，這簡直是靈貓感應的範圍，甚至更爲精準。

「妳幾歲了？應該活了兩百年了吧？」小樓的拳頭盯著阿不思，她的身上一定也有著什麼……可怕的生命能量支撐著。

「眞沒社會常識，小姐的年齡當然是祕密呢。」阿不思說。

然後消失。

小樓大吃一驚，直覺往左一躲，撞上滿是塗鴉的牆壁。

焦黑的左手在半空中旋轉著，血水飛濺。

鎖木大喝一聲：「快跑！」鋼臂朝倏忽即逝的紅影連續擊出十拳，企圖封住阿不思的身形。

眼睛一黑，鎖木轟然跪倒。

他特別鍛鍊過的頸子比眞正的鋼筋還要堅硬，此時一記簡潔明快的手刀卻讓他幾乎喪失意識。

但阿不思停下了近乎行刑的動作。

書恩劇烈喘息，被眼前突如其來的狀況震懾住。

一個身著黑色燕尾服的高瘦男子凝立於書恩與阿不思之間。

阿不思皺了皺眉頭，將距離鎖木天靈蓋只有半個指甲的手刀放下。

第29話

燕尾服男子的表情很嚴肅，但並沒有不悅或任何嚴肅之外的負面情緒。他的介入讓這場屠殺的畫面嘎然而止，好像電影正放到最高潮、錄放影機卻突然壞掉時的定格跳動畫面。

阿不思打量著燕尾服男子。

那男子容貌極爲平庸，原本沒有絲毫特殊之處，但奇特的地方就是這一點，男子的臉完全沒有任何一個微弱的特色讓人能夠記憶，平庸到令人百思不解的地步。

如果他每天跟你搭同一班電車、又與你天天併桌吃拉麵、又與你天天單獨在電梯裡搭二十層樓，你還是會視他如陌生的空氣。存在感薄弱。

如果你仔細盯著他的臉一分鐘，你也許會說他大概才二十來歲；如果你用力盯著他的臉三分鐘，你或許會推翻剛剛所說的，猜他約莫四十初頭；若你能夠耐著性子端詳他的臉五分鐘，你會錯亂得不知道應該猜他五十歲了，還是三十初旬。

這樣平庸到無法被人記憶的傢伙，必須找出一個讓人不得不記得的方法。要不是穿上這身絕不適合走在大街上的舊式燕尾服，這男子要令阿不思在關鍵時刻收住殺手，還眞辦不到。

「城市管理人，這件事你也想插手嗎？」阿不思整理著衣服，臉色平靜。與之前的笑臉迎人、剛剛的暴起殺人相比，這時候的阿不思顯得莊重許多。

那名被阿不思稱作城市管理人的燕尾服男子默默看著緊靠牆壁的小樓、試著爬起的鎖木，以及幾乎要崩潰的書恩。彎腰，撿起摔落在地上的斷手。

「很抱歉，這次妳就拿這隻手回去交差吧。」城市管理人的語氣中沒有命令，卻也沒有絲毫歉意。但要說他語氣裡不帶情感，卻又絕不是這麼回事。

阿不思沒有反對，接過了焦黑的斷手。

她總是在想，爲何城市管理人好像無所不在的管家婆，該出現時就會出現。而這次他突然插手前，她卻沒有感覺到任何人以高速接近。眞是奇哉怪也。

小樓當然不敢有任何意見，事實上在逃出醫院之前，他就已經作好失去這條手臂的心理準備。

而「城市管理人」的名號，他以前也曾聽幾名過世的前輩提過一二，但他暗自出入東京多次，這時才碰上了面。

「多謝。」鎖木勉強說出口，慢慢站了起來。

城市管理人沒有反應，站在眾人中間。

角色猶如穿著燕尾服出巡的法官，嚴肅的仲裁者。

「你們已經遲到了，其他人就要出來找你們了，快去集合的地點。」城市管理人對著鎖木說：「聽著，我會對你們的任務給予適當的尊重，但不要給這座城市多添麻煩，造成居民不必要的困擾。阿不思，妳也是。」

「你是說他們的任務對城市來說是好事？」阿不思既然無法從鎖木等人的口中得到答案，於是乾脆詢問行蹤飄忽不定的城市管理人：「而我的任務反而會妨礙到他們？那我以後豈不要拿個塑膠袋，撿些手手腳腳的回去報帳。」

城市管理人沒有回答，卻說了：「妳做妳的，會不會妨礙到城市的生息運作，我自然會裁決。妳只需要接受命令，然後遵從它，我便會給妳適當的尊重。」

阿不思不置可否。對她來說，今晚的事情已經結束了。

碰上了城市管理人，然後一個大句號。就是這麼一回事，也不必多想。

「那麼現在……」小樓壓住斷臂上緣的大動脈，額上豆大的汗珠滾滾流下。

阿不思頭也不回，說了聲：「我走了。早知道就繼續約會……」

赭紅色的俏麗身影，消失在巷尾。

鎖木等人總算鬆懈了心神，如果再遲個一秒半，所有人都將把命送在這暗巷。

城市管理人嚴肅地看著阿不思離去的方向，說：「有些人即使是獵命師也惹不起，阿不思活了兩百三十多年，比起絕大部分的獵命師都還要強悍，你們應該慶幸她是個講理的好吸血鬼。也因爲講理，所以她活得比許多人都久，比許多人都更値得活下去。」

第30話

澀谷市立公園，深夜的水池旁。

阿不思停在一台販賣機前，將焦黑的斷手隨意扔進一旁的垃圾桶。

簡直就是無厘頭的戰利品，還眞的把它帶回去？她失笑。

「你可以出來了。」

阿不思說，掏出四枚硬幣，選了罐炭燒烏龍茶，還有罐冰拿鐵。

匡啷。兩罐飲料落下。

一個穿著黑色緊身皮衣的尖臉男子，只好快快從黑暗中走出。

他原以爲自己的跟蹤術，在牙丸禁衛軍中已是天衣無縫。

遠遠地保持安全距離，尖臉男子漠然看著阿不思，等待阿不思的反應。

阿不思微笑，將冰拿鐵丟了過去，男子接住，臉色微變。

「我還記得你喜歡冰拿鐵，是吧？」阿不思拉開炭燒烏龍茶拉環，喝著。

尖臉男子沒有打開飲料罐，只是說：「是隊長的意思，他懷疑妳很久了。」他沒想到阿不思不只發現有人在反跟蹤她，竟還「猜到」了是誰。

阿不思一臉的理所當然：「我知道，這不怪你。」捧著熱烏龍茶，很享受地吸著熱氣。

尖臉男子遺憾地說：「組織嚴禁任何人跟『城市管理人』妥協或合作，已經三令五申、一再警告了，尤其像副隊長這種高級管理階層，怎麼能夠跟城市管理人同流合污？組織通緝城市管理人多年了，就是有你們這些蛀蟲從內部腐蝕，組織才捉不到他。」

阿不思呼著熱氣，笑笑地說：「我欠他不少人情，你可知道從前東京還很亂的時候，他從獵人手底下救過我幾次？他喜歡維持秩序當義警就讓他當去，還省了我很多麻煩。況且，光明正大打一場來說，我殺不了他，難道讓他殺？」

尖臉男子微怒，說：「光明正大不行，憑副隊長的身手，難道還暗殺不了城市管理人？」他知道阿不思在還沒當上禁衛軍副隊長之前的老本行，可是穿梭世界各地的頂級殺手。

阿不思吃吃笑了起來，說：「我連他的臉都記不住，怎麼暗殺？」

尖臉男子還要說話，阿不思卻搖搖頭：「你怎麼還不喝冰拿鐵？那是你最後一罐冰拿鐵了啊？」若無其事吸著飲料上的熱氣。

尖臉男子愣了一下。

他本想說「我贏不了妳，但妳未必追得到我」這類的話，然而他突然覺得自己的心境很悲哀，喉頭鼓動。

這位副隊長既然能猜到跟蹤者是誰，修爲肯定遠遠在自己之上。

阿不思慢慢喝著烏龍茶，不清不楚地說：「你能保證天亮以前離開東京，然後我從此看不見你嗎？」

尖臉男子悲哀地搖搖頭。

他原以爲這次的跟蹤、上報，能夠讓他更接近牙丸禁衛軍副隊長的位子。他夜夜監視阿不思，苦練跟蹤術跟武技，爲的可不是放逐自己。

身爲武士，既然賭上了升職榮譽的注，他也賠得起。

他有的是尊嚴。

「在我死之前，請讓我開開眼界，見識副隊長私釀的絕招吧。」尖臉男子從背後亮出一把武士刀，氣凝不動，有如山嶽。

在死之前，他想一睹傳說中，阿不思那見者必死的殺著。

阿不思點點頭，笑說：「可以啊，但喝完了再打。」

尖臉男子又是一愣，緩緩放下武士刀。

「我們好像認識了二十年了吧？」阿不思提起，笑笑。

「……是啊。」尖臉男子搖搖頭，竟笑了起來，打開冰拿鐵。

池中的小便童冽出冰涼的水柱，弄花了殘月的倒影。

兩個坐在池邊，一邊聊著往事，一邊微笑對飲的吸血鬼。

朝思暮想

命格：機率格

存活：兩百年

徵兆：不斷遇見最近想念或作夢夢到的人，邂逅初戀情人或童年摯友。

特質：在必須滿足特定的條件下找到非常思念的人，例如明明知道湯姆克魯斯去英國宣傳新片，去日本使用此命格便不可能成功；故基礎資料的掌握便非常重要，宿主越是理性地縮小灰色地帶，命格在宿主合理的期待下就發揮得越好。缺點是此命格能量有限，短期耗竭後須時間恢復。

進化：大月老的紅線，七緣紅線等

第31話

銳氣盡挫的夜。

一間中華料理餐廳樓上偌大的書房裡，鎖木、小樓、書恩靜靜坐著，具特殊療效的檀香裊裊瀰漫了整個空間。

一個滿臉皺紋的老者仔細審視他們身上的傷，不時露出深思的表情。

這間中華料理餐廳是獵命師在東京的幾個固定據點之一，是由北京龐大的資金資助幾個手藝不佳的廚師營業的，餐廳的二樓有幾間房間跟一個大書房，作爲獵命師探勘東京的前哨站與休憩之用，有些房間不乏最好的與最特殊的武器。

也因爲廚師手藝欠佳，所以客人的流動不大，十分適合獵命師集會之用。

而今天晚上，合計已有十一個獵命師來到東京，未來的兩個禮拜內，陸陸續續還會有強援趕到，並帶來長老團最新的指示。

「才剛剛受過試煉，實在不適合出任務。」一名穿著樸素的中年女子拉過一道屏風，在裡頭爲書恩寬衣，兩人便在裡頭治療她滿是挫傷與骨折的身軀。

小樓咬著牙，讓斷臂處接受刺鼻難聞的粉末消毒，傷口冒出黃色的焦氣。那焦氣一過，傷口竟結成一片模模糊糊的焦疤，小樓額上汗大如豆，下嘴唇被自己咬出一道血痕。

「在這種邪惡能量的炙傷下，原本就留不住手，留住了也是殘廢。」老者說：「這一記手刀切得很平整，省了我們幾手。」拿出細長的針往小樓的肩上和胸口的穴道鑽下。

高大的鎖木盤坐在地上，活像個上班族的靈貓舔著他的手指頭，等待老者處理好小樓的傷勢才輪到他。

「你們知道城市管理人到底是什麼人?爲何那個吸血鬼會聽他的話。」鎖木問。

鎖木覺得脖子上那一斬的後座力要比雙手盡折難受得多，到現在腦子都還昏昏沉沉的，又怕這一睡去，會一覺不醒。

「只要你待在東京夠久，就不免欠下城市管理人一些人情。你們今天晚上欠他的，總有機會還的。」老者說，並沒有責備的意思。

那老者名叫「孫超」，實際年齡已經超過一百一十歲，在獵命師中屬於長老護法級的前輩，但他修煉獵命師的古武術，再加上經常使用擁有避凶作用的佳命「頤養」，面容約莫在八十多歲而已。

「他的角色究竟是站在我們這邊，還是中立？」鎖木也聽聞過城市管理人的名號與一些傳說，但他一直沒放在心上，畢竟這是他第一次踏進東京執行任務。

孫超推拿著小樓受到重擊的胸口，說：「或許是中立吧，但也不盡然如此，若稱他爲第三勢力，他卻沒有這種意圖。你可以說城市管理人就是這座城市本身，他處事圓融，但立場卻很堅定，他要的是這座城市的穩定，排除任何可能造成不穩定的因素是他的工作。至於他憑什麼這麼做，壓倒性的武力？不，其實這幾年他已經不需要出手，他光靠累積下的人情跟資訊，只要不斷進行交易就可以達成目的。」

說著，孫超猛一發勁，小樓咳出一團藏青色的瘀血。

鎖木點點頭。他完全可以理解城市管理人的意志，畢竟以他的個性很容易揣摩類似的心態。

鎖木之所以得到獵命師長老團的重視，並非由於他的武技，而是他對種種情勢的分析能力優於同儕，總是能做出最快也最有效的判斷，常常在集體行動時，不自覺成爲大家倚賴的意見領袖。

「你見過城市管理人嗎？」書恩虛弱的聲音從屏風後傳出。

「我見過城市管理人五次面，欠了他三個人情，然後又被迫清償了兩個。」孫超好像在說著與他不相干的事：「每次他走後，我都記不住他的樣子，再次見到的時候，也分辨不出他與前一次出面仲裁的城市管理人是不是同一個，但感覺卻是一樣的，那件黑色燕尾服也一樣。我猜，他或許是個接近成仙得道的術士，或道行很高的吸血鬼，要不，沒有人可以總是出現的那麼湊巧，也不會有那種奇怪的容貌。」

鎖木說：「總之，他不是吸血鬼，體溫不對。」

孫超平淡說道：「有些吸血鬼可以控制體溫一段時間，如果你們只能靠皮膚表面的溫度去判斷是不是吸血鬼，遲早會像那些早夭的同伴一樣犧牲。」拍拍小樓的背，表示沒問題了。

鎖木看著小樓的斷手處，說：「那傢伙的右手跟傳說中的一樣，齊腕斷了。」

孫超站在鎖木身後，熟練地將細針一根根鑽進他的後頸。

「他很強，要不是他在強吃不知火，我們根本一點機會也沒有。」鎖木承認任務失敗。

但不管是多麼失敗的任務，鎖木總是能取得有價值的情報。

「他身上被一團黑氣包住，就像他的迷霧鎧甲，近身戰我幾乎看不清他的動作，但那黑氣會在他消化不知火的過程中減弱了八成以上，那時他的戰鬥力與防禦力也會大幅減弱。」鎖木回憶：「但他似乎還沒完全瘋狂，他沒有取走我們三人的性命，我總覺得他的確手下留情。」

孫超手上的動作僵住，嚴肅地說：「他是不是瘋狂輪不到你判定，是不是手下留情也不重要，大長老已經決定了他的命運。」

鎖木恭敬地點頭，表示同意。

孫超持續針灸治療，許久才又開口：「依你看，那傢伙跟跟蹤你們的牙丸禁衛軍副隊長，誰比較具威脅性？」關於阿不思的外貌與談吐，他只問了幾句，就知道這些小輩遇著了誰。

鎖木沉思了半晌，慢慢開口：「我們的修煉不夠，無法進行比較。我只能說，我寧願面對過去的同伴，也不願低聲下氣跟吸血鬼談判。」

孫超沒有說話，似乎在想些什麼。

屏風拉開，書恩已經纏上厚厚的繃帶，還有刺鼻的藥水味。

「沒事了，多半是皮肉傷。」樸素的中年婦人幫書恩梳著頭髮，憐惜地說：「妳長得真像我妹妹。」

書恩沉默，看著鏡子裡鼻青臉腫的自己。

所有人都沉默了。

飛仙

命格：修煉格

存活：一千五百年

徵兆：口吐紫光，風雨不侵，百鳥齊歌，睡夢間昇空離地。

特質：操縱極天能量，其體柔如柳絮，可飛翔百里，使百禽。

進化：盤古開天

第32話

「真像在看電影。」宮澤嘖嘖稱奇。

宮澤已經在小小的昏黃房間裡，研究醫院打鬥的畫面兩個小時了。

這錄影帶裡的黑影，鬼魅般的人物，雖然臉孔模糊無法辨識，但他認定那黑影就是在停車場獵殺畸形兒的殺胎人。

他去醫院做什麼？

他進入加護病房後不到一分鐘，兩個怪人也跟著衝進去。然後遭到雷擊的澤村就死了。

死得非常淒慘。

宮澤翻著桌上的法醫報告跟第一現場的照片。

澤村的胸口被莫可名狀的怪力砸開，肋骨急速斷折後射向四面八方，但屍體堪稱完整，凶嫌並未取走任何器官或物件。

動手的凶嫌是誰？

宮澤大膽假設，動手殺害澤村的正是殺胎人，因爲那舉止怪異的兩男一女在走廊等候許久，卻沒有針對澤村下手。他們的目標是當紅的殺胎人。

但殺胎人沒有取走澤村身上的任何東西，就跟他沒有從畸形兒或孕婦身上取走任何東西一樣；這與以往連續殺人凶手的「犯罪紀念蒐集癖」的習慣顯然不同，再度得到印證。

那他幹嘛殺澤村？他殺澤村的目的跟那三個怪人爲何找他麻煩的原因一定有關連，不然，那三個人不會知曉「守著澤村，就會碰著殺胎人」的「邏輯」。

也因爲這個邏輯「並不難被理解」，所以一個臨時插隊的介入者也趕到。

那這個不難理解的「邏輯」究竟是什麼？

宮澤吸吮著手指上殘留的茶水，瞇起眼睛。

五個主要線索。

畸形兒（肚腹中）、寧靜王（前牙丸禁衛軍守城人）、澤村（不斷遭雷擊的倒楣鬼）、三個尋仇的傢伙（身手不凡）、一個介入者（與眾人認識，但主要目標也是殺胎人）。

四個情境線索。

三隻在走廊遛躂，疑似被豢養的貓、眾人以意義不明的華語溝通、殺胎人對尋仇者手下留情、介入者並非尋仇者的一方。

宮澤用手指攪動放在資料卷宗上的馬克杯，指甲輕輕在茶水中刺著鼓起的茶包，嘗試理出一點頭緒。

門打開，宮澤將手指放回自己的嘴裡吸吮，回頭。

「有朋友找你。」

奈奈從門縫中看著宮澤，眼珠子溜滴滴轉著，擺明了故意偷看宮澤黏得到處都是的便條紙與照片。

宮澤聳聳肩，問：「朋友？電話嗎？」

「剛剛門鈴聲你沒聽見啊？是個美女。」奈奈假裝生氣，將門關上。

宮澤站了起來，想走出房門時，卻見一個美艷的女子早來到門邊，微笑。

是阿不思。

「妳……」宮澤本想發脾氣、質問阿不思爲何到他家裡，但他居然感到耳根子有些發熱，自己似乎不若表面那麼討厭她。

阿不思晃著奈奈遞給她的茶水杯，笑嘻嘻地說：「上司來突擊檢查下屬的工作進度，不介意吧？」手裡還拎著一個小皮箱。

宮澤皺著眉頭，看看小房間。

「沒有多的椅子，我用站的就可以了。」阿不思踏進房間，將門帶上。

「嚴厲的上司不會受歡迎。」宮澤坐回自己的椅子。

宮澤指著滿桌子的照片跟螢幕上反覆播放的打鬥鏡頭，聳聳肩，示意阿不思說點什麼。也示意自己其實不太高興。

「我調查過了，那些人不是獵人。所知道的就這麼多。」阿不思喝著茶水，沒盯著螢幕，卻看著宮澤。

宮澤不理會阿不思的眼神，說：「我猜想，那些在醫院大鬧的人不僅彼此認識，還屬於同一個祕密結社，不過我可不認爲是愛貓俱樂部或是華語共修會，如果不是獵人，至少他們對你們吸血鬼是懷有惡意的，只是他們的態度比較高傲，或者，他們對你們的惡意好像欠缺直接動機，在這次的事件中，你們扮演的反而是干擾者的跑龍套角色。」

阿不思欣賞地說：「繼續。」

她很喜歡宮澤身上最特別的地方，他並非針對蒐集到的證據做邏輯推論，而是近乎大放厥辭式的情境式聯想。

她喜歡這樣的男人，想像力、活潑、有理想，有理想到討厭他絕對惹不起的吸血鬼。

幾乎所有與吸血鬼上司交談的極機密案件小組成員，都是一副畢恭畢敬的卑微模樣，只有雄踞權力核心的政治人物才能裝出討價還價的嘴臉。

而宮澤，一個害怕被殺、卻又不肯全面服輸的男人，眞是可愛透了。

「寧靜王與殺胎人作案動機的連結，要放在這個華人祕密結社的目的脈絡去解讀，如果我先前猜的不錯，也就是殺胎人的目的是進入地下皇城的話，這個華人組織的活動目的很可能也是相同的，至少在與你們敵對的大方向上是並行不悖。」宮澤忍不住將手指浸在馬克杯裡，看著手指不斷攪動引起的小漩窩繼續說道：「但對於寧靜王部分的解讀也就結束，沒了，再深想下去反而會使思考脈絡亂掉，因爲干擾的不確定因素太多。」

「同意。」阿不思。

「進入下一個關聯系統：畸形嬰與澤村，表面上兩者毫無關連，但這就展現此關聯系統的精密與複雜了。」宮澤。

宮澤清了清喉嚨，似乎正在整理思緒，也讓阿不思將腦袋清一清。

「首先是厄運，畸形兒可以說是最不幸的生命形態，一出生或甚至還沒出生，就註定了他們在人世間的苦難即將開始，而澤村，不斷遭受雷擊卻又在命運的玩笑下不斷重生的男子，他的生命沒有進展、彷彿是無限的受苦迴圈，所以『厄運』可以說是這兩者的共通點，也是殺胎人尋找受害者的關鍵指標。」宮澤說。

「有道理，多少解釋了凶手的犯案邏輯，或許我們下次可以比他先一步找出可能的受害者，守株待兔。」阿不思笑笑自嘲：「就跟上次一樣。」

「嗯，但要比他先一步行動，看來不是那麼簡單，因爲這些厄運受害者都具有『不可尋找性』的特色。」宮澤解釋：「我查過，電視或廣播新聞裡並沒有提到有個人在哪裡遭到雷擊或送到哪家醫院；而畸形兒就更難尋找了，雖然有些孕婦曾經到醫院接受檢查，被告知懷了畸形兒，但也有三個懷了畸形兒的孕婦並沒有到醫院檢查，然而殺胎人卻有辦法知道。我想，殺胎人一定不僅具有某種能力……某種超感應能力判別孕婦肚中的嬰兒是否畸形，而且這能力的感應範圍還很廣，也因爲很廣，殺胎人才能知曉遭逢厄運的澤村的存在。」

「喔喔，這就很麻煩了，天底下遭逢厄運的人這麼多，誰知道殺胎人下一次會選到誰？」阿不思吐吐舌頭。

「殺胎人具有這種能力，同樣找到澤村的那三個仇家跟介入者也一定具備相同的能力，這個能力就是他們那個愛貓協會的入會條件吧。」宮澤看著阿不思：「東京的所有團體都在你們吸血鬼的控制底下，你們確定不知道這些人在做什麼嗎？」

「幫助遭逢厄運的人早死早超生？」阿不思微笑。

「我不知道。」宮澤說：「或許只有那殺胎人正在做你說的那件事，其他人與他意見相左，所以想逮到他，跟你們一樣。」

「無論如何，這個結社，或者說那個殺胎人，已經嚴重影響東京都的治安，我雖然感到無趣，但還是非抓到他不可。」阿不思說，想起城市管理人不希望她將整個祕密結社拔除這件事。

阿不思將皮箱放在宮澤的桌上，打開。

裡面滿是一疊疊的黑白卷宗，還有剛剛影印不久的刺鼻油墨味。

「這是什麼？」宮澤翻了幾下，那些紙上的內容教他大吃一驚。

「想要跟我約會，就不能不了解人家血族的一切。」阿不思輕笑。

卷宗上記載了一般吸血鬼的習性，活動方式，階層分布，幾個有名吸血鬼的歷史資料，世界各地吸血鬼的政治力量。

不單如此，還有獵人組織，獵人修煉的方式與能力，出色獵人的最新排行榜，各國秘警制度與訓練機制等等。

這些資料不只是宮澤深切好奇的、另一個世界的「生活常識」，有些還涉及吸血鬼的高度機密與諱莫如深的禁忌。

「我想你用得到。」阿不思觀察宮澤吃驚又興奮的表情，忍不住莞爾：「就算用不到，多了解一下你那可憎的老闆是什麼樣的混蛋怪物，總是好事？」

宮澤點點頭，頭也不抬，也沒有出言反諷，竟開始認眞地翻閱資料，深怕阿不思突然反悔似的。

「這些資料你看完了以後，記得牢牢鎖在你的腦袋，然後……」阿不思微笑。

「我知道，我會燒光它的。」宮澤繼續翻閱著資料，喃喃自語般：「謝謝。」

宮澤不必問就知道，血族不可能建立一個網站存放這些驚人的資料，畢竟再怎麼嚴密的密碼系統與防火牆，都可以找出勉可擊破的漏洞，所以還是回歸到最原始的管理方式——派吸血鬼重兵防守——最安全。

一想到這裡，不禁對阿不思也起了絲絲好感。畢竟她是冒著某種風險將資料影印給自己看，但看阿不思滿不在乎的神色，卻又不像是干犯奇險的模樣。

阿不思繼續站著，一邊喝茶，一邊隨意瀏覽宮澤窄小工作房的擺設。

櫃子上，一張宮澤穿著全套制服、戴著警帽，表情生澀地笑著的舊照片，鑲在仿石相框裡。

「剛剛從警校畢業？」阿不思問，拿著相框。

照片中的宮澤笨拙得很，但一雙眼睛卻透露出追尋夢想的喜悅，與按藏不住的精光。

「嗯。」宮澤隨口回應：「那時候很矬吧？」

「加入特別V組會不會後悔？」阿不思拿起相框端詳，那夢想其實還能隱約在現在的宮澤眼中看見。

「至少我不想活在謊言裡。」宮澤專注地翻看著資料，好像正說著與自己無關的事：「說起來，還得感謝你們讓我認識這個見鬼的世界眞相，大老闆。我說，如果有一天你們想要殺了我湮滅證據或什麼的，麻煩讓我的家人以爲我是在指揮交通時被車輾斃、因公殉職就行了，這樣就不算對不起我。」

阿不思將相框放回凌亂的櫃子，拿起宮澤小學時的畢業紀念冊，有些想笑。

那本年代久遠的畢業紀念冊竟沒有什麼灰塵，也沒有一絲霉味，但內頁全是摺痕與略黃的指印。

一個常常翻閱小學畢業紀念冊的人，他的童年時光想必多采多姿，或是眷戀著某個暗戀卻不敢表白的小女生？

念舊的人最可愛，不管舊的事物是好是壞。阿不思想。

「對了，那個介入者衝進加護病房前，在走廊上失魂落魄喊的那句華語在說些什麼？」宮澤突然抬頭問。

「哥哥。」阿不思說。

《獵命師傳奇》卷一　完

獵命師傳奇 FateHunter

下期預告

當年蒙古大軍縱橫歐亞七十餘載，殺得西域、南疆吸血鬼聞風喪膽，可偏偏在遠征區區東瀛海島時吃了大癟。

數百艘奪自南宋的堅固戰船，乘載著高昂的戰意，浩浩蕩蕩跨海討伐東瀛血族，船上不管是南宋的降兵或是蒙古精銳，都在隨行的獵命師戰團的加持下，充滿一舉殲滅血族的豪情壯志。

如果大元朝皇帝忽必烈有意滅掉世界上任何一個國家，這支遠征軍足以殲滅當時任何的抵抗勢力。

不論在海上，還是在陸地的接觸戰。

但戰運——

國家圖書館出版品預行編目資料

獵命師傳奇. Fatehunter / 九把刀 著；
——初版.——台北市：蓋亞文化，2005【民94-】
冊；公分.——（悅讀館）
ISBN 986-7450-20-5（第1卷：平裝）

857.83 94002005

悅讀館 RE001

獵命師傳奇系列【卷一】

作者／九把刀（Giddens）
繪圖／翁子揚
出版社／蓋亞文化有限公司
地址◎台北市103赤峰街41巷7號1樓
電話◎（02）25585438 傳眞◎（02）25585439
網址◎www.gaeabooks.com.tw
部落格◎gaeabooks.pixnet.net/blog
服務信箱◎gaea@gaeabooks.com.tw
投稿信箱◎editor@gaeabooks.com.tw
郵撥帳號◎19769541 戶名：蓋亞文化有限公司
法律顧問／義正國際法律事務所
總經銷／聯合發行股份有限公司
地址◎新北市新店區寶橋路二三五巷六弄六號二樓
電話◎（02）29178022 傳眞◎（02）29156275
港澳地區／一代匯集
電話◎（852）27838102 傳眞◎（852）23960050
地址◎九龍旺角塘尾道64號龍駒企業大廈10樓B&D室
初版二十五刷／2014年8月
定價／新台幣 180 元
Printed in Taiwan

ISBN／986-7450-20-5

RE001

GAEA

獵命師傳奇

天命在我・自創一格

—創意命格有獎徵文活動

替獵命師們構想奇命！為自己開創中獎命數！

由於反應熱烈，命格徵文活動將改爲每冊固定舉行。我們會在每次《獵命師傳奇》出版前，固定由作者九把刀遴選投稿，讓你設計的命格在下一集《獵命師傳奇》的世界中登場。

獲選者可獲贈《獵命師傳奇》周邊商品，及九把刀最新作品一本。

■注意事項

⊙命格投稿請比照書中一貫的描述格式，並填寫本回函所附表格。

⊙請參加讀友留下正確姓名地址，以便發表時註明構想者與贈獎。

⊙本活動遴選之命格使用權利歸蓋亞文化有限公司所有。

⊙活動及抽獎結果，將於每集《獵命師傳奇》出版時公佈於蓋亞讀樂網。

⊙本抽獎回函影印無效。

姓名：________________ **生日　　年　　月　　日　性別：□男□女**

聯絡電話或手機：____________________

E-mail：________________________________

地址：□□□

____

命格名稱：____________________

命格：____________________

存活：____________________

徵兆：____________________

____

____

特質：____________________

____

____

____

進化：____________________

關於命格投稿，九把刀會針對投稿者的想法創作更完整的設定修改，以符合故事須要，或九把刀個人愛胡說八道的壞習慣。戰鬥吧！燃燒你的創意！

◎請沿虛線剪開、對摺、裝訂後寄出

廣告回信　郵資免付
台北郵局登記證
台北廣字第675號

GAEA

蓋亞文化有限公司　收

103 台北市赤峰街41巷7號1樓

GAEA